Λέξη Κλειδί:

ΠΕΡΙΘΩΡΙΟ

Wanda Bermoudes

Εκδόσεις Ανδρόγεως

Εκδόσεις Ανδρόγεως

Ελλάδα 2024

Πρώτη Εκδοση

ISBN: 978-1-913881-17-7

www.Androgeus.gr

ΠΕΡΙΕΧΟΜΕΝΑ

Για την παρέα μας τότε...

ΦΤΑΙΝΕ ΤΑ ΤΡΑΓΟΥΔΙΑ...

(Διονύσης Τσακνής, «Ώρες Σιωπής»)

Θυμάμαι πριν από αρκετά χρόνια τον πατέρα μου να μου λέει με το πιο σοβαρό του ύφος: Δεν μπορείς να ακούς πια συνέχεια μόνο μουσική! Βάλε και λίγο τηλεόραση, να παρακολουθήσεις και κανένα δελτίο! Πιάσε να διαβάσεις καμία εφημερίδα, ένα περιοδικό, έστω!!!

Και θυμάμαι πως μου είχε κάνει τρομερή εντύπωση τότε αυτό που μου είχε πει, γιατί εγώ ποτέ δε νόμιζα πως έκανα κάποιο λάθος στο να έχω τόσο απόλυτα επιλέξει τη μουσική ως τον μόνο τρόπο για να περνούν οι ελεύθερες ώρες μου, εφόσον έβρισκα μονάχα εκεί την καλύτερη συντροφιά, τη μεγαλύτερη ανακούφιση και παρηγοριά... όλη τη δύναμη της σκέψης που χρειαζόμουν για να ξεπεράσω τους έρωτες, τα λάθη και όλες τις ανασφάλειες ή τις φοβίες μου καθώς μεγάλωνα... Το ΚΑΝΩ ΜΙΑ ΕΥΧΗ από τους ΕΞΟΡΙΣΤΟΥΣ είχα πιστέψει πως βοήθησε στο να γυρίσει πίσω το πρώτο μου αγόρι, μετά από έναν ολόκληρο χρόνο που είχαμε πλέον χωρίσει... και αυτό επειδή εγώ πίστεψα σε εκείνον το στίχο και ότι αυτό ήταν που έκανε τότε τόσο δυνατή την ευχή μου!!!

Αργότερα κατάλαβα ότι η βασική του ανησυχία στο να περνάω τόσες ατελείωτες ώρες κλεισμένη μέσα στο δωμάτιο με τη μοναδική συντροφιά του ήχου, ήταν επειδή είχε ήδη καταλάβει πως με τον τρόπο αυτό διαμόρφωνα συνείδηση, προσωπικότητα και άποψη πολύ περισσότερο επηρεασμένη από τους στίχους, παρά ίσως από τις ίδιες του τις συμβουλές και τα δικά του λόγια...

Και ήταν όντως έτσι! Κάθε στίχος που μετρούσε για

μένα, που μπορούσε να μου μιλήσει, καταγραφόταν αμέσως στην ψυχή! Βαθιά μέσα στην ψυχή μου! Έβρισκε κρυψώνα εκεί και καταφύγιο μέχρι να έρθει η κατάλληλη στιγμή να ξεπεταχτεί και να εισβάλει στο μυαλό μου για να μου προσφέρει με τα πιο όμορφα λογάκια ένα παραπάνω στήριγμα... μια παραπάνω βοήθεια ή παρηγοριά... Η οποία αποδείχτηκε στη συνέχεια πως μπορούσε να είναι πιο πολύτιμη από τη συντροφιά ακόμα και του καλύτερου μου φίλου!

ΡΙΞΕ ΚΟΚΚΙΝΟ ΣΤΗ ΝΥΧΤΑ - ΡΙΞΕ ΛΑΔΙ ΣΤΗ ΦΩΤΙΑ! Ήταν από τις πρώτες συναυλίες που είδα εκείνη του ΤΣΑΚΝΗ και μετά, καθώς περνούσαν οι τάξεις του σχολείου, όλο και περισσότερα, όλο και πιο πολλά αναζητούσα για να βρω από όσα είχα μέχρι τότε ζήσει...

Αυτή όμως ήτανε μόνο η αρχή! Γιατί αργότερα συνέχισαν να καταγράφονται ακόμα περισσότερα, όλο και πιο δυνατά στιχάκια, σαν σπρέι πάνω στους τοίχους του μυαλού μου! (Δανεισμένο και αυτό το τελευταίο από στίχο του hip-hop βέβαια των Goin' through)!

Ακολούθησαν τόσα πολλά άλλα! Γεμάτα δύναμη πάντα και περιεχόμενο, που μεταφράζονταν σαν αντοχές για να με συνοδέψουν στα επόμενα χρόνια, περνώντας μια ατίθαση εφηβεία...

ΘΑ 'ΜΑΙ ΠΑΝΤΑ ΕΓΩ ΜΕΣ ΣΤΟ ΟΠΛΟ ΣΟΥ ΣΦΑΙΡΑ - ΝΑ ΣΚΟΤΩΝΕΙΣ ΑΥΤΟΥΣ ΠΟΥ ΣΚΟΤΩΝΟΥΝ ΤΗ ΜΕΡΑ... ΤΑ ΞΥΛΙΝΑ ΣΠΑΘΙΑ ποτέ δεν με άφησαν να σκοτώσω καμία μέρα μου και να την αφήσω έτσι να προσπεράσει χωρίς να βγάλει κάποιο νόημα, κάποιο συναίσθημα γεμάτο ένταση και ουσία!

Εντόπιζα την ουσία μέσα στο στίχο και αναζητούσα ύστερα να τη βρω και να την εφαρμόσω εγώ η ίδια στη ζωή μου!

Ακολούθησε για μένα το μεγάλο σχολείο ύστερα! Οι

ΣΤΕΡΕΟ ΝΟΒΑ! Ενώ εκείνη την εποχή το δίκτυο του ΑΣΥΡΜΑΤΟΥ ΚΟΣΜΟΥ ολοένα εξαπλωνόταν γύρω μας, εκείνοι μας τραγουδούσαν και μαζί τους εγώ χόρευα...

ΘΑ ΑΛΛΑΞΩ ΤΗ ΖΩΗ ΜΟΥ ΣΕ ΚΑΤΙ ΘΕΤΙΚΟ ΚΑΙ ΚΑΘΕ ΑΣΧΗΜΗ ΕΝΕΡΓΕΙΑ ΘΑ ΤΗ ΣΤΕΙΛΩ ΣΤΟ ΚΑΛΟ - ΘΑ ΔΩΣΩ ΣΗΜΑΣΙΑ Σ' ΑΥΤΑ ΠΟΥ ΕΣΥ ΠΕΤΑΣ - ΜΙΑΣ ΚΑΙ ΣΤΟ ΤΙΠΟΤΑ ΜΠΟΡΕΙΣ ΝΑ ΒΡΕΙΣ ΑΥΤΟ ΠΟΥ ΖΗΤΑΣ!!!

Μέχρι και όταν μετακόμισα στο Λονδίνο για σπουδές, περιμένοντας στις ράγες του τρένου στο σταθμό της περιοχής μου, θυμόμουνα τις παρέες και τα καλύτερα φιλαράκια που είχα αφήσει πίσω στην Ελλάδα και τραγουδούσα από μέσα μου για να μη νιώθω μοναξιά... ΘΥΜΑΜΑΙ ΠΑΝΤΑ ΤΑ ΜΑΤΙΑ ΤΟΥ ΦΙΛΟΥ ΜΟΥ - ΜΕ ΑΚΟΛΟΥΘΟΥΝ ΣΑΝ ΠΟΥΛΙΑ ΣΤΙΣ ΓΡΑΜΜΕΣ ΤΟΥ ΤΡΕΝΟΥ... και έστελνα ύστερα γράμμα στην κολλητή μου που τελείωνε με το στίχο ΧΑΜΕΝΟΙ ΣΤΟ ΔΙΑΣΤΗΜΑ, ΜΑ ΠΟΤΕ ΧΩΡΙΣΜΕΝΟΙ...

Εκεί έξω, μπορεί να άλλαξαν γλώσσα οι στίχοι μου, όμως ποτέ δεν τους άφησα να σταματήσουν να με καθοδηγούν... Σε όποια περίπτωση έβλεπα κάτι να γίνεται το οποίο δεν παραδεχόμουνα ή κάτι αισθανόμουν να με ενοχλεί σε μεγάλο βαθμό, αντιδρούσα με βάση ένα στίχο από MANIC STREET PREACHERS, τον γνωστό...

IF YOU TOLERATE THIS THEN YOUR CHILDREN WILL BE NEXT! Και μπορεί να ήτανε βέβαια πάρα πολύ νωρίς για να σκέφτομαι να ανοίξω οικογένεια, όμως σαν... my children αισθανόμουν όλες τις επόμενες γενιές και όλους τους μικρότερούς μου... οπότε η ευθύνη μου ήταν όντως τεράστια και ήταν αυτή η οποία με ώθησε και με παρακίνησε στο να τρέχω και να φωνάζω στις μεγαλύτερες αντι- καπιταλιστικές πορείες που γίνονταν τότε στο City στο κέντρο του Λονδίνου, μαζί με χιλιάδες αν όχι εκατομμύρια άλλα άτομα από κάθε γεωγραφική άκρη της γης...

GLASTONBURY FESTIVAL 1999... Θυμάμαι τον Michael Stipe των R.E.M. να μας φωνάζει πάνω από τη σκηνή... I can see you are all real people down there!!!! Αμέσως μετά ξεκίνησε το... IT'S THE END OF THE WORLD AS WE KNOW IT - (AND I FEEL FINE)!!! Αυτό το στίχο τον έχω πάρει σαν να θέλει να πει.. ναι! Μπορεί να πλησιάζει το τέλος του κόσμου ή μιας εποχής όπως μέχρι τώρα την ξέραμε, αλλά εμείς δεν μασάμε! Γιατί ξέρουμε πως είναι όλα στο χέρι μας για να τα φτιάξουμε ακόμα πιο σωστά γύρω μας όπως εμείς επιθυμούμε, οπότε... σκοτιστήκαμε! Σιγά μην αγχωθούμε με όλα αυτά που γίνονται! Όσο θα υπάρχουμε και εμείς εδώ θα κάνουμε πάντα τη διαφορά!!! Η αποκορύφωση των συναισθημάτων βέβαια τότε, μετά το κλείσιμο της συναυλίας, όταν ερχότανε κόσμος και με αγκάλιαζε χωρίς να με ξέρει και μου έλεγε καθώς με έσφιγγε στην αγκαλιά του... Thanks for sharing this with me!!! Και το ακόμα μεγαλύτερο κορύφωμα, εκείνο του κλεισίματος του τριήμερου φεστιβάλ, το οποίο εξακολουθεί να είναι ίσως από τα μεγαλύτερα της Ευρώπης... ήτανε ο στίχος που μου άφησε η τελευταία μουσική του νότα... IT'S A BITTER SWEET SYMPHONY THAT'S LIFE (the Verve).

Τώρα ακούω έξω την τελευταία ίσως βροχή του Χειμώνα που μόλις πέρασε...

Την απολαμβάνω γιατί ξέρω πως θα μου λείψει ο ήχος της για τους επόμενους ζεστούς μήνες του Καλοκαιριού που θα ακολουθήσει... Ο ήχος της μουσικής και το νόημα ενός καλού στίχου όμως, ποτέ δε θα μου λείψει, γιατί όσο θα υπάρχω θα εξακολουθεί μέσα μου να παίζει και να αντηχεί, να φταίει ίσως εκείνος και μόνο που έχω φτάσει να είμαι αυτή που είμαι, που έχω κάνει όλα αυτά που έχω μέχρι τώρα κάνει, που έχω περάσει από εκεί που έχω μόνο εγώ περάσει και τελικά που σκέφτομαι όπως σκέφτομαι και συνεχίζω να πιστεύω...

Το κλείσιμο αυτού του κειμένου θα ακολουθήσει ένας στίχος ελληνικού punk, από ΧΑΟΤΙΚΗ ΔΙΑΣΤΑΣΗ και ο οποίος το ξέρω πως θα λέει...

ΖΗΣΕ ΜΩΡΟ ΜΟΥ! ΖΗΣΕ ΜΩΡΟ ΜΟΥ!!!!! Και εγώ για το τελείωμα θα προσθέσω.. ΑΣΕ ΤΑ ΤΡΑΓΟΥΔΙΑ ΝΑ ΣΕ ΠΑΡΟΥΝ ΛΙΓΟ ΑΠΟ ΤΟ ΧΕΡΙ... ΚΑΙ ΜΕΤΑ ΑΣΕ ΤΑ ΤΡΑΓΟΥΔΙΑ ΝΑ ΦΤΑΙΝΕ!!!

ΚΙ ΕΣΥ ΚΡΑΤΑΣ ΕΝΑ ΚΕΡΙ
ΜΕΣΑ ΣΤΗΝ ΜΠΟΡΑ
(Στέρεο Νόβα, «Το Παζλ Στον Αέρα»)

Αποφάσισα να οργιάσω! Κάτω να κάτσω και στίχους να γράψω..

Μα όλα αυτά πώς να στα περιγράψω??

Βαριέμαι να στα μεταφράσω - γλώσσα δική σου να βρω και τη δικιά μου ν' αλλάξω..

ότι έχω μάθει μέχρι τώρα δεν μπορώ να ξεχάσω

κι ούτε τις εμπειρίες μου πουθενά δεν θα με κάνουν να πετάξω..

Καμιά φορά αναρωτιέμαι μέχρι που θα μπορούσα να φτάσω..

Κι έχω μέσα μου ένα πείσμα όλους για να ξεπεράσω!

Γεμάτη καλλιτέχνες της δεκάρας μαζεμένοι - σ' ένα τόπο και μια χώρα που παραμένει θυμωμένη!

Μια τέτοια ιστορία στην ξεφτίλα αχρηστεμένη!

Μια παλιά υπερηφάνεια χιλιο - λεηλατημένη!

Και το επίπεδο να κατεβαίνει!

Ολοένα κατεβαίνει...Όσο περνάνε οι καιροί φαίνεται το σκηνικό τριγύρω μας βαραίνει...

Η παρακμή μας κυριεύει και μια ντροπή μας περιμένει!

Κάτσε να δεις τι έχει να γίνει και την επόμενη χρονιά..

Από το 2004 και μετά...

Για να μη σας τρομάξω από τώρα για όλη τη συνέχεια...

Το μέλλον είναι κάτι που με απασχολεί!

γιατί βρίσκομαι και εγώ εδώ! Έχω και εγώ φωνή που πρέπει ν' ακουστεί!

Και αυτό είναι κάτι που με απασχολεί –

γιατί βρίσκομαι και εγώ εδώ - και μόνο αυτό με ανησυχεί!

Δεν βλέπει τίποτα το μάτι μου να φαίνεται ωραίο

όλα φαντάζουν μάταια...κι αναμένουν το μοιραίο...

Δεν βιάζομαι για να μιλήσω... ξέρω πως σκέφτομαι σωστά

τίποτα πια δε μας σώζει! Θα τη βρουν πισώπλατα!

Και θα πονέσει πολύ κόσμο αυτή η μαχαιριά!

Κι άντε να δω όσοι επιζήσουν πως θα καλύψουν τη ζημιά!

Μα αναμένεται να πάρουμε μετάλλια πολλά!

Θα σηκώσει όλη η χώρα το κεφάλι της ψηλά!

Και μετά από τέτοια νίκη θα ρίξουν και καμιά ζεμπεκιά..

όλοι οι ξένοι μας θα μάθουν να κουνάνε την κοιλιά..

Θέλουμε Ολυμπιάδα μα δε τα σηκώνει η τσέπη μας αυτά!

ΓΕΝΙΑ ΤΟΥ ΧΑΟΥΣ

Δεν είμαστε η γενιά του χάους, αλλά του χαοτικού αδιέξοδου... Μια ζωή ψάχνουμε να βρούμε διαφυγή... και η καθημερινότητα είναι η μεγαλύτερη μας απέχθεια, ενώ είναι λιγοστά και ριψοκίνδυνα τα διαστήματα της ζωής μας που φαίνεται να καταφέρνουμε να ξεφεύγουμε από αυτή... Στη δουλειά πρέπει να αλλάζουμε αυτό που είμαστε, να κρύβουμε τους εαυτούς μας και το πρωί στο δρόμο πάντα να διερωτόμαστε γιατί δεν δείχνουμε το ίδιο όμορφοι με το προηγούμενο βράδυ. Χαμηλωμένα παντζούρια, κλειστές κουρτίνες, κλειδωμένες πόρτες... Λες και φοβόμαστε την επιρροή του έξω κόσμου που προσπαθεί να μας αλλάξει. Να μας κάνει κανονικά παιδιά, ώστε να καταφέρουμε επιτέλους να ζήσουμε μια κανονική ζωή χωρίς ανατρεπτικές εξελίξεις, χωρίς επαναστατικά κείμενα ή μουσική με λίγο παραπάνω νόημα από τα συνηθισμένα... Μα δεν τα καταφέρνουν και τα βάζουν ύστερα μαζί μας, δείχνοντας αδυναμία να συλλάβουν την ανησυχία της φύσης μας την ανάγκη της ψυχής μας να παραμείνει καθαρή. Έτσι παραμένει αβέβαιο το μέλλον μας. Κανείς δεν μπορεί να πει με σιγουριά πως δεν θα καταλήξουμε αλκοολικοί ή πλέον ολότελα αποτρελαμένοι. Μα δεν δείχνουν ικανοί και από την άλλη να εναντιωθούν ολοκληρωτικά στη λογική μας. Γιατί είναι βάσιμη. Όσο κι αν δεν μας καταλαβαίνουν...

Θέλω να δώσω ένα τέρμα στα μοναχικά μου βράδια... μα δεν ξέρω ποιος είναι αυτός που θα μπορούσε να καλύψει τόση μοναξιά... Σε είχα βρει για μια μοναδική φορά και ύστερα ξέρεις τι μπήκε στη μέση... το κενό της ψυχής σου που το γέμιζες πάντα με ναρκωτικά... Με τρέλανε η ιδέα πως το μοναδικό άτομο που ήτανε ποτέ για μένα προτίμησε την πρέζα από το άγγιγμα μου... Τώρα θα πρέπει να καθαρίσω εγώ το μυαλό μου για να μπορέσω έστω να γράψω για αυτά... και ο λόγος αυτής της γραφής ποιος θα μπορούσε να είναι; Μα για να φτάσουν ίσως μια μέρα ξανά κοντά σου... να αποπειραθούν τα λόγια μου να σώσουν ίσως κάποιον άλλο της γενιάς σου... Αυτής της γενιάς που μισεί την πειθαρχία όσο λατρεύει τον αυθορμητισμό! Που δε γνωρίζει τι πάει να πει αυτοκυριαρχία και κινδυνεύει να χαθεί μέσα στο λεπτό της στιγμής από μια απλή παρόρμηση. Που της έχουνε απαγορέψει το αλκοόλ γιατί ξεφεύγει η σκέψη της από τα συνηθισμένα και φαντάζεται ύστερα τη φυλή της άγρια και ελεύθερη, πιο δυνατή από κάθε προηγούμενη γενιά, να κυκλοφορεί άρχοντας και βασιλιάς σε αυτό τον κόσμο, με τη δύναμη της θέλησης και την ειλικρίνεια της συνείδησης να κυριαρχεί πάνω σε κάθε διαφορετικό είδος ανθρώπινης φυλής...

Και να δω ποιος θα γυρνούσε να μας έλεγε το αντίθετο... και όμως... για όλους αυτούς υπάρχει μια κουβέντα. Πως είμαστε... αποτυχημένοι! Αποτυχημένοι καριερίστες ή μελλοντικοί οικογενειάρχες... Αποτυχημένοι ζωγράφοι, ποιητές ή χορεύτριες... Γιατί τα έργα μας είναι ανάποδα δωμάτια και σπασμένα μπουκάλια, απειλητικές γκραβούρες και σκληρή μουσική... Ενώ αυτός ο κόσμος ακόμα θέλει να ζει σε αρμονία... Αλληλοπατώντας βέβαια ο ένας πάνω στο πτώμα του άλλου... Και τώρα που να σε βρω και να αποπειραθώ να δολοφονήσω το πνεύμα μου μαζί σου... Γιατί, αν δεν είμαστε μαζί, ποιος ο λόγος να διαφέρω;

ΛΕΞΗ ΚΛΕΙΔΙ: ΠΕΡΙΘΩΡΙΟ

Ίσως η πρώτη ή από τις μοναδικές τουλάχιστον στιγμές που κολλάει η πένα πριν ξεκινήσω το γράψιμο... Όχι επειδή δεν ξέρω τι να πω. Μάλλον επειδή είναι τόσα πολλά αυτά που θέλω να γράψω που δεν ξέρω από πού να ξεκινήσω! Υπάρχουνε κάποια μέρη που θα ήθελα να χρησιμοποιήσω στο video... Η Πολυτεχνειούπολη στου Ζωγράφου, η ταράτσα στην πολυκατοικία μου και ίσως ο πολυχώρος στην Πειραιώς. Πολυμέσα... Πολύ – πιο πολύ - ακόμα πιο πολύ μορφική ζωή... κι πιο πολύ μα πάρα πολύ βιαστική και αγχωτική η ταχύτητα. Ίσως αυτό που θα έπρεπε να βγει λοιπόν είναι ακριβώς αυτό. Το «πολύ» της υπόθεσης. Η μεγαλοφροσύνη μας. Η τάση να κάνουμε τα πάντα σχεδόν ταυτόχρονα... Ας τα πάρω λίγο όμως με τη σειρά...

Πολυμέσα: Η χρήση τους για μαζική ενημέρωση

Πολύνεκρες επιθέσεις: Το πολύ ως συνθετικό λέξεως έχει να κάνει με τη μάζα, την πολυπλοκότητα.

Μας αντιμετωπίζουν όλους σαν ένα κομμάτι μιας μάζας ανθρώπινης πλέον παρά σαν ξεχωριστές οντότητες – ανθρώπινες... Ναι! Όσο πιο πολύ το σκέφτομαι τόσο πιο σίγουρη είμαι... Ότι αν κάτι πραγματικά αντιπροσωπεύει η ζωή μας σήμερα είναι αυτό το πρώτο συνθετικό κάποιας λέξεως... Το «πολύ»

Πολυσύχναστα στέκια λοιπόν και μπαράκια... Πολυδάπανα έργα του κράτους... Πολυσύχναστοι δρόμοι... Αλλά αυτό το πολύνεκρες επιθέσεις ειδικά, γιατί μου έχει σφηνωθεί έτσι στο μυαλό; Γιατί, στην εποχή μας, έτσι όπως όλοι μας σε κάποιο χώρο ζούμε, σπουδάζουμε, διασκεδάζουμε, όλοι μαζί από το ίδιο δίκτυο ενημερωνόμαστε, στα ίδια κτήρια δουλεύουμε, έτσι πρέπει και όλοι μαζί να... πεθαίνουμε... Τραγικό έτσι; Συνάνθρωποι στη ζωή, συνάδελφοι, συμπολίτες και συνάνθρωποι και στον θάνατο. Συμπορευόμαστε...

Μια συμπυκνωμένη ασφυκτικά συγχωνευμένη μάζα. Όπως τα εκατομμύρια άτομα μέσα σε ένα μόριο. Μήπως έτσι θα έπρεπε να μετονομαστούν οι μεγαλουπόλεις του μέλλοντος;

Το «μόριο» του Λονδίνου, το «μόριο» του Βερολίνου ή της Νέας Υόρκης ή του Τόκιο; Αντί για πόλεις ή πρωτεύουσες... Και μετά έρχεται η έκρηξη. Σαν αλυσιδωτή αντίδραση... από μόριο σε μόριο... Ανατριχιαστικό; Μα γιατί μου φαίνεται ότι μόνο εγώ ανατριχιάζω; Μήπως δεν είμαι κι εγώ ένα «άτομο»; Τι είμαι;

Ακόμα ένας αυτό-οριζόμενος και αυτοελεγχόμενος άνθρωπος; Μήπως γι'αυτό όλοι λένε πως ανήκω στο περιθώριο; Θα φρικάρω!!! Πάλι η εξαίρεση της υπόθεσης θα είμαι ρε γαμώτο μου; Όχι! Δεν μπορεί να είναι έτσι! Δεν μπορεί να υπάρχω μόνο εγώ με όλη αυτή την πολυπλοκότητα στις σκέψεις μου... Λέξη κλειδί... Λέξη κλειδί... Ψάχνω να βρω τη λέξη κλειδί... ΠΕΡΙΘΩΡΙΟ! Χα! Τη βρήκα! Αυτή πρέπει να είναι! Πρέπει να υπάρχουν κι άλλοι! Στο περιθώριο! Δηλαδή σαν εμένα... Θα χρησιμοποιήσω λοιπόν όλα τα πολυμέσα που βρίσκονται στη διάθεσή μου για να τους ψάξω! Για να τους βρω... Από πού θα ξεκινούσα όμως; Μπορεί εγώ να αισθάνομαι ότι διαφέρω, όμως κι εγώ μέσα σε μια πολυκατοικία ζω! Σε πολυσύχναστα μπαράκια τη βγάζω και εγώ τα βράδια... Οι πολυσύχναστες πλατείες είναι μόλις δέκα λεπτά από το σπίτι μου... Και όμως... Νιώθω να διαφέρω... Αυτούς πώς θα τους βρω; Πώς θα τους ξεχωρίσω;

Λέξη κλειδί - λέξη κλειδί...ΔΙΑΙΣΘΗΣΗ!

Διαίσθηση - Μια παλιά μορφή ελευθερίας της ανθρώπινης σκέψης και ψυχής. Η ικανότητα να προτρέχει ο νους από την χρονική πραγματικότητα.

Διάστημα - Η ελευθερία του Σύμπαντος.

Διαδίκτυο - Η σύγχρονη έννοια της ελευθερίας - (η παραπλάνηση) της ψηφιακής εποχής...

Ας είναι! Αν δεν υπάρχει άλλος τρόπος να τους βρω...

[Ανοίγω το P.C] Μπαίνω στο World Wide Web..

www.animatrix/animatrixwarriors.com

E.N.T.E.R..
.............B.L.A.C.K.O.U.T...
....

Όλες οι ασφάλειες πέσανε μέσα στο σπίτι. Ο υπολογιστής κάηκε! Σκοτάδι παντού! Δεν ακούγεται τίποτα. Ούτε η τηλεόραση παίζει πια, ούτε η μουσική ακούγεται από το ραδιόφωνο. Ούτε καν το ηλεκτρονικό ρολόι συνεχίζει να μετράει λεπτά... Αλλά και έξω στο δρόμο... Σκοτάδι επίσης - ούτε ένα φως από εκεί που ήτανε σαν μέρα, μέσα στα φώτα και έλαμπε όλη η πόλη στις τρεις τη νύχτα... Ησυχία παντού! Δεν ακούγεται τίποτα. Ούτε αμάξια να αναπτύσσουν ταχύτητα, ούτε κορναρίσματα, ούτε μηχανάκια να περνούν, ούτε... ψυχή γύρω μου! ΤΙΠΟΤΑ!

Η πρώτη μου κίνηση... φωτιά! Μορφή ενέργειας πανάρχαια! Παράλληλα πηγή θερμότητας! Γιατί συν όλα τα άλλα είχε αρχίσει να επικρατεί ένα αλλόκοτο ψύχος γύρω μου... νεκρικής σιγής...

Όλα τα κεριά που είχα μαζεμένα σπίτι τα άναψα... Σιγά-σιγά, ένα-ένα... σαν ιεροτελεστία - χωρίς βιασύνη- χωρίς φόβο ή άγχος... Ξαφνικά φάνηκε ο χρόνος πια να έχει επεκταθεί και τα δευτερόλεπτα να έχουν μεγιστοποιηθεί χρονικά σε λεπτά... Είπα να δοκιμάσω! Έτσι από συνήθεια... Έπιασα το κινητό μου... Μόλις το είχα φορτίσει και λίγο πριν ανοίξω τον υπολογιστή το είχα βγάλει από την πρίζα. Ωχ! Λειτουργούσε! Άναψε η μικρή του οθόνη... Σχεδόν αυτόματα! Μόλις το έπιασα στα χέρια μου... Αλλά ήταν μόνο αυτό! Το φως στην οθόνη του! Ούτε γράμματα της εταιρίας, ούτε η αναγραφή της ώρας και της ημερομηνίας, ούτε τα νούμερα που προσπάθησα να σχηματίσω δεν εμφανίζονταν... Και μετά από λίγο που το κρατούσα σφικτά στο χέρι μου και το χρησιμοποιούσα σχεδόν σαν φακό- άρχισε η δόνηση- Άρχισε να δονείται η συσκευή από μόνη της... Λες και της έδωσε ενέργεια η θερμότητα του χεριού μου... Ένιωσα τη λειτουργία του σχεδόν ως πομπός, να βγάζει και να εκπέμπει ένα κύμα παράξενης συχνότητας προς τα έξω... σαν δορυφόρος...

Χωρίς να τρομάξω, ή να πανικοβληθώ, κατανόησα αμέσως τον τρόπο που έπρεπε να το χρησιμοποιήσω... και το λόγο της ενεργειακής του λειτουργίας... Μου ήρθαν στο μυαλό θάλασσες και κύματα... βροχή, ποτάμια... υπόγειες σωληνώσεις... ένα μάθημα της Φυσικής που μισούσα στο Γυμνάσιο... Συγκοινωνούντα δοχεία... Μπήκα στο μπάνιο και έκλεισα πίσω μου την πόρτα της τουαλέτας κρατώντας το κινητό που δονούταν ακόμα στο ένα χέρι και ένα αναμμένο κερί στο άλλο... Άνοιξα τη λεκάνη και άφησα το κινητό ακόμα να δονείται δυνατά κάπου δίπλα της... Περίμενα κοιτάζοντας τη φλόγα του κεριού να πάλλεται ρυθμικά από την ένταση της δόνησης του κινητού... Σαν να είχα αφήσει το κερί πάνω σε κανένα ηχείο που έπαιζε πολύ δυνατή μουσική με ένα πολύ βαθύ μπάσο... Θυμήθηκα ένα πάρτυ... DRUM'N'BASS στο Λονδίνο όπου είχα κλείσει 14 ώρες χορεύοντας!!! Δυνατή ανάμνηση...................

[Το κερί αφημένο μπροστά στον καθρέπτη του μπάνιου - αντανάκλαση φωτός - και κάτω από αυτό το φωτισμό βγάζω καλλυντικά και αρχίζω να βάφω τα μάτια μου, να ετοιμάζομαι σαν να είμαι για να βγω, ή να υποδεχτώ κάποιον στο σπίτι...].

Ακριβώς την ώρα που ετοιμάστηκα άκουσα από έξω μακριά μέσα στη σιωπηλή νύχτα το θόρυβο μιας μηχανής μεγάλων κυβικών να πλησιάζει... Πήρα το κινητό ξανά στα χέρια μου και αυτή τη φορά κατευθύνθηκα προς το παράθυρο του σαλονιού του ισογείου όπου έμενα... [Με χαμηλωμένα παντζούρια... μισάνοιχτα και ανοιχτό τζάμι... κρυφοκοίταξα αλλά χωρίς να δειλιάζω...]. Ακόμα ψυχή έξω... Μόνο ο ήχος της μηχανής να πλησιάζει ακόμα πιο κοντά...

Ξεχώριζα πια τη φιγούρα με το μαύρο κράνος να φτάνει από μακριά... πάνω στη μηχανή...

Σταμάτησε ακριβώς μπροστά από το παράθυρό μου κοιτάζοντας προς το μέρος μου, έβγαλε το κράνος και με μια ταυτόχρονη και ισομετρική κίνηση και των δυο χεριών σήκωσε το λοφίο της ψηλής μοϊκάνας στο ξυρισμένο του κεφάλι... Τον αναγνώρισα αμέσως! Ο Μογο!!!! Ο μεγαλύτερος ίσως hacker της Αμερικανικής Ηπείρου που είχα εντοπίσει σε ένα απόκομμα εφημερίδας και είχα κολλημένο από τότε στη ντουλάπα του δωματίου μου, με τη φωτογραφία του και το σχετικό άρθρο από κάτω... Τελικά εντόπισαν κι αυτοί εμένα...

Ήξερα τη διαδικασία! Άρχισα να ετοιμάζω ένα σάκο πολύ βιαστικά, με κινήσεις αστραπιαίες, χώνοντας μέσα, εκτός από τη συσκευή του κινητού, όλα τα αυστηρώς απόρρητα κωδικοποιημένα μέσω μουσικών προγραμμάτων, πειρατικά αντιγραμμένα CD και προγράμματα που είχα! Πήρα και όλα μου τα χειρόγραφα των τελευταίων τεσσάρων χρόνων, από το 2000 μέχρι σήμερα και φρόντισα να μην αφήσω πίσω κανένα αριθμό κινητού τηλεφώνου πουθενά γραμμένο, από φίλους και γνωστούς που είχανε περάσει από τη ζωή μου... Ειδικά τα τελευταία τέσσερα χρόνια, από τότε που άρχισε ΤΙΠΟΤΑ να μην είναι τυχαίο... Για όλα τα υπόλοιπα δεν υπήρχε κίνδυνος να βρεθούν από τις ειδικές δυνάμεις... Όσο για τον υπολογιστή και όλα του τα προγράμματα, είχε φροντίσει ο Μογο... Τα είχε κάψει και τα είχε καταστρέψει όλα!!! «Πρόβλημα μολυσμένης τάσης» θα λέγανε όταν θα τα βρίσκανε...

ΦΥΓΑΜΕ! Με την ταχύτητα του ανέμου και του φωτός μαζί!!!

FIFTH ELEMENT ήταν το code-name μου... Το password μόνο οι 'δικοί μου' το ξέρουνε και δεν πρόκειται να το αποκαλύψω! *Από τη στιγμή που ανέβηκα στη μηχανή- όλο το κύκλωμα επανήλθε! Το MATRIX επανεμφανίστηκε απότομα και ξαφνικά ανάμεσά μας! Όμως φορούσαμε κράνη μαύρα και οι δύο... Δεν διαφέραμε από κανέναν άλλο...* **άσκοπο μηχανισμό ανθρώπινου συμβιβασμού.**

Κάτω από τα κράνη και μέσα στα αντιανεμικά, δερμάτινα και πέτσινα μας ρούχα (άλλοι θα τα ονόμαζαν απλά punk look) το DNA μας ήταν καλά προφυλαγμένο... Απόρρητο κι αυτό από κάθε κάμερα και λέιζερ ακτίνα εντοπισμού που διασχίζαμε στο δρόμο...

Κουβέντα δεν ανταλλάξαμε! Για να μην αποκρυπτογραφηθεί η γλώσσα μας. Γιατί ανιχνευτές υπήρχαν παντού! Ακόμα και ηχητικοί! Κυρίως αυτοί! Καταγράφοντας και αναλύοντας τη συχνότητα και τη μορφή σκέψης και διαλογισμού κάθε ηχητικού κύματος... Οπότε ούτε τις σκέψεις μας δεν τους χαρίζαμε!

Εγώ, το μόνο που σκεφτόμουν ήταν τι φαγητό θα μαγειρέψω αύριο, με τις πιο λίγες θερμίδες και το πρόγραμμα του ΣΚΑΪ για να χαζέψω τηλεόραση... Σκέψεις υπεράνω κάθε υποψίας **αναρχικού** όπως το λένε αυτοί και **ασυμβίβαστου** ακόμα ΖΩΤΙΚΟΥ ΜΥΑΛΟΥ...

Τον κρατούσα σφικτά από τη μέση καθώς διασχίζαμε τις λεωφόρους και, ενώ ξέραμε και οι δυο τον προορισμό, νοητικά δεν τον αποκαλύπταμε, επικεντρώνοντας τη σκέψη μας μόνο στα κόκκινα και πράσινα φανάρια υποταγής του οδικού συστήματος κυκλοφορίας... Μόνο μετά το τελευταίο φανάρι, βγάζοντας φλας αριστερά και περνώντας τη σιδερένια είσοδο - Πύλη, ελευθερώσαμε τη σκέψη και το λόγο μας στον αέρα...

Πολυτεχνειούπολη διαφοροποιημένη από την υπόλοιπη πόλη! Κεραίες ψηλές, κτήρια, κολώνες και η γη, το χώμα και η φύση, τα δέντρα εκεί, όλα με αρχιτεκτονική ακρίβεια και σωστά τοποθετημένα, ώστε το μαγνητικό πεδίο κάθε μεταλλαγμένου ανθρώπινου συστήματος εκμετάλλευσης γνώσεως και σωματικής ενέργειας να εξαλείφονται και να απενεργοποιούνται... Τα ραδιοκύματα της ατμόσφαιρας και το ενεργειακό πεδίο ήταν... ΔΙΚΟ ΜΑΣ!!!!!!

Μια τεράστια ΚΑΤΑΛΗΨΗ που λειτουργούσε ως άσυλο και φρούριο παράλληλα, σαν τελευταίο οχυρό μέσα στην παραπλάνηση του... MATRIX.

Μπορούσα επιτέλους να ελευθερώσω τον ΕΑΥΤΟ ΜΟΥ!

Η αίσθηση της νύχτας, του αέρα και το φως του φεγγαριού εκεί, ήταν ακόμα ένα μέρος της ΑΛΗΘΙΝΗΣ συνύπαρξης του κόσμου μας και όχι παραπλανητικές εικόνες- εικονικές μονάχα εμπειρίες ενός ψηφιακού προγράμματος...

Ένιωσα... ΕΝΤΑΞΕΙ!

Σταματήσαμε στο άδειο πάρκινγκ. Τεράστιος χώρος για να σταθμεύσουν χιλιάδες αυτοκίνητα... Όμως η μηχανή μας ήταν το μόνο ηλιακά τροφοδοτημένο όχημα που μπορούσε να φανεί κάτω από το αληθινό φως της νύχτας... Έβγαλα από το σάκο μου όλα τα CD... Ο Μογο έβγαλε από τον δικό του μερικά πολύχρωμα καλώδια τα οποία τα συνέδεσε με το κοντέρ της μηχανής, που ήταν ακόμα πολύ ζεστή, και μετά με ένα αρκετά μεγάλο, παλιομοδίτικο στερεοφωνικό σύστημα διπλών ηχείων, μεγάλης όμως εντάσεως και πολλών decibel. Στο τελευταίο κόκκινο καλώδιο συνέδεσε το μικρόφωνο. Το τετράδιο με τους χειρόγραφους στίχους μου είχε τη σειρά του να βγει από το σάκο...

Δυνατή, πολύ δυνατή μουσική, με βαθύ μπάσο και έμμετρο ρυθμό άρχισε να κατακλύζει την ατμόσφαιρα... Και μετά... η φωνή μου, και οι στίχοι μου άρχισαν να ελευθερώνονται... Για πρώτη φορά, να ακούγονται! Χωρίς να τους τρώει η σιωπή... Ούτε να τους επιδοκιμάζει η ματαιότητα του ΑΣΥΝΕΙΔΗΤΟΥ κόσμου που δείλιαζε ή ήταν απλά βαθιά υπνωτισμένος- υποταγμένος αναμφίβολα, για να μπορέσει...

ΑΛΗΘΙΝΑ να ακούσει...

.......Σφίγγουν τα χείλη μου από μίσος και απέχθεια

έρχεται και με πιάνει ξανά η εσωστρέφεια

Γύρο μου όμως επιμένω να ψάχνω και να ελπίζω

ότι δεν είμαι μόνο εγώ που αντιστέκομαι και συνεχίζω

να πιστεύω σε μια ιδέα που καλά προφυλάσσω

το δικαίωμα μου να υπάρχω και δυνατά να φωνάζω

μαζί σας να τα βάζω

κι όλα όσα λάθη κάνετε να τα καταδικάζω-

Μα συνεχίζετε κι εσείς το ίδιο παιχνίδι

σκοπός σας από μας κανένας να μη μείνει

με την οργή μέσα του να τον καθοδηγεί

να μη διστάζει ποτέ να σας χαλάει τη γιορτή-

Θα μας θέλατε όλους καλά υποταγμένους

σε ψέματα και αυταπάτες βαθιά υπνωτισμένους-

Όμως εμείς με περηφάνια και πνεύμα ισχυρό

κι ας πληρώνουμε το τίμημα το πιο ακριβό-

Δε δεχόμαστε στιγμή τη δική σας λογική

κι ορκιζόμαστε να πάρουμε εκδίκηση σκληρή..

Μέχρι να σιχαθούν όλοι να το ακούνε

θα συνεχίσω να ουρλιάζω και να βρίζω

γιατί το ξέρω πια ακριβώς το τι παίζει

και για ποιο λόγο εγώ γεννήθηκα έτσι-

Για να φωνάζω πλάι στο ύψος της φωνής σου

να τους τα λέω όλα τόσο χύμα

κι ας λυγίζει το κορμί σου-

Δε θα πέσεις όμως! Όσο κι αν φοβάσαι..

εμένα με έχουνε τόσα χρόνια τώρα πια ρημάξει-

Παίρνω κουράγιο όμως, μόνο εσύ να υπάρχεις-

ΔΙΠΛΑ ΣΟΥ ΠΑΝΤΑ - ΓΙΑΤΙ ΤΟ ΜΕΛΛΟΝ ΤΟΥΣ ΘΑ ΑΛΛΑΞΕΙ.....

ΤΑ ΜΑΥΡΑ ΠΟΥΛΙΑ

Πορωμένα θα ουρλιάζω και μαζί σας θα τα βάζω
και όσο δε θα με αφήνετε να ζω- θα σας καταδικάζω
Σε μια δίκη με μάρτυρες τους ίδιους μου τους φίλους
Συνθήματα θα γράψουν και για μας τώρα στους
τοίχους
Γιατί τα μαύρα πουλιά αδιάκοπα με τους καιρούς
ξέρουν να τα βάζουν και με όλους τους περαστικούς
που περίεργα τα κοιτάζουν...
Από μόνα τους μάθαν συνέχεια κόντρα να πετάνε κι
ό,τι άνεμοι σηκωθούν πουθενά δε σταματάνε...
Και ξέρουν να σας κράζουν και όλους μα και να σας
τρομάζουν
μαζεύονται μέσα στις σπηλιές τις νύχτες και
φωλιάζουν...
Ανταλλάζουν μυστικά και ρίχνουν φλόγες στα στάχια
από ψηλά τα βλέπουν όλα να γίνονται κομμάτια
για τη γη αυτή δε νοιάζονται μονάχα για τον ουρανό
τους
να μείνει για πάντα αυθεντικός ο κόσμος ο δικός
τους...

Λέξη Κλειδί: Προορισμός

Διαλέγω έτσι και μετά από όλα αυτά αναπόφευκτα πια μια βαθιά ενσωματωμένη αντίληψη αλλά και μια στάση ζωής που οι δικοί μου οι ίδιοι δεν ήταν καν ανάγκη να μου την επισημάνουν με τέτοιο έντονο για άλλη μια φορά, απειλητικά εκφοβιστικό και εκβιαστικό τρόπο...

Το πόσο βαθιά έχω εμπλακεί και το πόσο μεγάλο θα είναι το ρίσκο μου για άλλη μια ακόμα φορά είναι κάτι που το γνωρίζω! Τουλάχιστον το υποψιάζομαι... Και είναι αυτές οι υποψίες μου που μου αποδεικνύουν πλέον τεκμηριωμένα πως αυτό που πιστεύω ότι κινείται ανάμεσα σε όλες αυτές τις καθημερινές μάζες πληθυσμών πραγματικά υπάρχει, ζει και αναπνέει μέσα στα ρολόγια μας όπως μας συναντάει και το βράδυ στα όνειρά μας... προκαλώντας τους εφιάλτες - αντίτιμο για την αναρχική, αυτόνομη και ανεξάρτητη, ανεπίτρεπτη και συνάμα διαφοροποιημένη, επικίνδυνη (για εμάς) και ριψοκίνδυνη, όμως τόσο μα τόσο αυθεντική, μοναδική, θαρραλέα και πραγματικά ελεύθερη σε κάθε της μορφή ΑΝΤΙΛΗΨΗ ΤΗΣ ΠΡΑΓΜΑΤΙΚΟΤΗΤΑΣ ΜΑΣ!!!!!

Κλείστηκα μέσα στο σπίτι... μετά από μήνες και μήνες που τραβιόμουν έξω σε κάθε δρόμο και πλατεία, συναυλία αντιστασιακή και συνεύρεση ανθρώπων κάθε διαφορετικής καταγραφής χρονολογίας γέννησης και ταξικής διαφοροποίησης λόγω ασκούμενου επί του παρόντος επαγγέλματος... ή και μην έχοντος...

Μου έκανε αρκετή εντύπωση... πως μετά την αποκαλυπτική συναναστροφή μου με τον Μόγο και την εκπλήρωση εκείνου του κοινού σκοπού - στόχου μας, που στην ουσία ήταν και ο μοναδικός λόγος για την ύπαρξη της συνάντησης μας εκείνη την περίεργη βραδιά του ολοκληρωτικού blackout, όπου και να τύχαινε τον επόμενο μήνα της γενικευμένης καταστολής να σταθώ και να καθίσω, έπεφτα πάντοτε πάνω στα ίδια λόγια, στις ίδιες κουβέντες και συζητήσεις, ίσως με μια ελαφριά εναλλαγή στα συμφραζόμενα της κάθε παρέας, η οποία όμως είχε να κάνει με το διαφορετικό ηλικιακό εγκεφαλικό πλαίσιο γεννησιακής καταγραφής ημερομηνίας καθώς επίσης και με τη συμβατική χρήση λεξιλογίου που αναλογούσε στην εναλλαγή μορφών επαγγελματικού περιβάλλοντος και εργασιακής υποδούλωσης και ασφαλώς όχι σε κάποια βασική αντιπαράθεση απόψεων ή κάποια διαφορετικού είδους υπερφόρτισης, τσατίλας, απόγνωσης ή δυσπιστίας γύρω από το γενικό πλαίσιο εξέλιξης των πραγμάτων...

Αλλά σε κάποιο βαθμό θα μπορούσα ίσως να πω πως ήταν κάτι τέτοιο αναμενόμενο..

Σίγουρα εκείνη τη νύχτα, οι στίχοι που άφησα να ελευθερωθούν μέσα στο δικό μας πεδίο, ταξίδεψαν πολύ πιο μακριά ακόμα από την ηχητική ισχύ που είχε η ίδια η φωνή μου, ενισχυμένη στο βαθμό καθώς ήταν από τα ηχεία που βρίσκονταν συνδεδεμένα με το μικρόφωνο... Δεν ήταν ένα από τα κοινά μικρόφωνα... εκεί ήταν το θέμα!

Κλειστό από τις χίλιες μεριές και όλες τις πιθανές κατευθύνσεις, strictly unbreakable... INTRANET... !!!!!!!!!!

Και φυσικά το access επίσης συγκεκριμένο και απόρρητο! Αυστηρώς επιλεκτικό! Μετά από καιρό και χρόνια συνεχούς δοκιμασίας σε όλα τα επίπεδα, νοητικά και ψυχικά, στον μέγιστο βαθμό... δοκιμασία των υπολοίπων... Εκείνων που και εγώ η ίδια έψαχνα, επειδή κάτι μου έλεγε πως για να υπάρχω εγώ, και να έχω περάσει από τόσα, να σκέφτομαι και να αντιδρώ έτσι, σίγουρα θα υπάρχουν και άλλοι...

Και ήταν περισσότεροι από όσους νόμιζα... Αυτό ήταν που μου έκανε τόση εντύπωση... Βρίσκονταν σε on-line σύνδεση μαζί μου όλοι τους εκείνο το βράδυ.

Και όπως ήταν φυσικό, μετά από μια πρώτη διαδικτυακή γνωριμία άριστης εντυπώσεως, οι επόμενες συναντήσεις μου με τους υπόλοιπους έπρεπε πλέον να είναι σε καθαρά διαπροσωπικό επίπεδο... Face to face, υποτίθεται όμως τυχαίες, με χρονική ανακρίβεια και χωρίς καμία προειδοποίηση ή κανένα διακανονισμό, ώστε ασφαλώς να περνάνε απαρατήρητες από όλους τους τρισδιαστατικούς πράκτορες του εξωτερικού κυκλώματος...

Δεν μου έφτανε όμως μόνο η συναναστροφή πλέον! Ούτε καν μπορώ να πω οι πολύτιμα αναλυτικές σε underground επίπεδο εμβάθυνσης κουβέντες μας... ούτε εκείνο το γλυκά εξωτερικευμένο συναίσθημα της επίσης βαθιάς ανακούφισης που μου προσέφεραν όλες αυτές οι συζητήσεις, ότι τουλάχιστον δεν είμαι μόνη μου... κόντρα και ενάντια σε όλα αυτά.. ότι δεν είμαι μόνο εγώ που τα αντιλαμβάνομαι και είμαι σε θέση να τα αισθανθώ και να τα καταλάβω...

Παράλληλα εκείνο τον καιρό το έριξα στο διάβασμα! Μάλλον στη σοβαρή μελέτη θα έλεγα καλύτερα... Ατελείωτες ώρες αϋπνίας, με καφέ μετά από καφέ και μετά και άλλο καφέ, το ένα ξημέρωμα ακολουθούσε το άλλο και εγώ με μια λάμπα ακόμα αναμμένη μέσα στο δωμάτιο, ένα βιβλίο ανοιχτό και έναν κόκκινο μαρκαδόρο για να υπογραμμίζω τα σημεία που κρύβανε όλη την ουσία των πιο βάσιμων πληροφοριών ή που απαντούσαν κατά σειρά στα απανωτά ερωτήματα που γεννιόνταν μέσα στον εγκέφαλό μου. Ασταμάτητα ερωτήματα... που όσο πιο πολύ διάβαζα, τόσο πιο πολλά ξεπηδούσαν μπροστά μου, μέσα στις σιωπηλές και ανυποψίαστες ώρες της προχωρημένης νύχτας, όταν όλοι οι άλλοι κάπου τα πίνανε ή διασκεδάζανε...

Αλήθειες έβρισκα! Νοήματα κρυμμένα, καθώς και τους λόγους μου επιτέλους... για την κάθε φορά που το σύστημα ολόκληρο στρεφόταν εναντίον μου, και αφού με είχε πλέον εντοπίσει, με χτυπούσε αλύπητα, με έκλεινε μέσα, δεμένη με λουριά, και ύστερα τα ψυχοφάρμακα, μέσα στον εγκλεισμό μου, αλλοτρίωση του νου... χειραγώγηση του εγκεφάλου, εξαναγκαστική και ριζική απομάκρυνση του συναισθήματος από τον εαυτό, άρα και της ιδιότητας της ξεχωριστής αίσθησης, εκείνη της διαίσθησης μαζί... Αποβλάκωση ενός ανήσυχου πνεύματος, για να μην το αναφέρω ως... δολοφονία του πνεύματος... άρα και του πνευματισμού του ανθρώπου που συνεπάγεται με τον ολικό αφανισμό του ΠΝΕΥΜΑΤΙΚΟΥ ΑΝΘΡΩΠΟΥ, άρα την ηθική υποδούλωση... μαρτύριο και απειλή της σημερινής εποχής προς όλους τους συνεχιστές του είδους μας... Έχω ήδη έρθει στα ίδια τα λόγια ενός από τα βιβλία που ρούφηξα... Η ψυχοχειρουργική μου, και η επιτυχείς διαφυγή μου για μια ακόμα φορά από τη μαύρη σιδερένια φυλακή που πρώτος από όλους, ο πιο άμεσος προς εμένα και πρωταρχικός μου κοινωνικός περίγυρος... η οικογένειά μου η ίδια... θέλησε να με καθηλώσει και επιχείρησε να με καταδικάσει...

Πώς να μην έχουνε λοιπόν σφίξει τα χείλη μου από μίσος και απέχθεια???

Ειδικά όταν ξέρω ότι και άλλοι τα έχουνε περάσει όλα αυτά!

Ότι ακόμα και αυτή τη στιγμή που τα ξανασκέφτομαι, κάποιος από όλους εμάς τους λίγους διασωθέντες και εναπομείναντες αυθεντικής συνείδησης και υπερβολικά περίπλοκου, ως ίσως επικίνδυνου για την αστάθεια και ανατροπή του ήδη υπαρκτού συστήματος υποταγής και παραπλάνησης του MATRIX, γενετικά πλέον σπάνιου και πραγματικά ισχυρότατου DNA αμυντικών κυττάρων, βρίσκεται μόνος του υπό την απειλή...

Και όμως... όπως και εγώ παρευρισκόμενη και εγκλωβισμένη στις αναμφίβολα ίδιες συνεπειακές καταλήξεις του ίδιου απαγορευμένου είδους νοοτροπίας, πολλές φορές λύγισα και έσπασα, επιχειρώντας ακόμα και να αυτοπυρποληθώ... (γαμώτο!!!!) έφτασα στην απόγνωση να αμφισβητώ και να αμφιβάλω για τα πάντα που κάποτε μέσα μου αληθινά μετρούσαν, έτσι και εκείνοι, κατά πάσα πιθανότητα τα υπομένουν και τα βιώνουν όλα αυτά τη στιγμή που μιλάμε... Η μοναδική αλήθεια που μπόρεσε τόσες φορές να με σώσει ή να σώσει οποιονδήποτε άλλον κατά βάση την προσωπική μου εμπειρία και χαρακιά πάνω στο χέρι μου είναι ότι...

ΔΕΝ ΕΙΝΑΙ ΚΑΝΕΝΑΣ ΑΠΟ ΕΜΑΣ - ΠΟΤΕ ΜΟΝΟΣ ΤΟΥ!!!!!!!!

Κι ας μην υπάρχει κανείς που να φαίνεται και να μπορεί να σε ακουμπήσει με την αληθινή του αφή παρηγορητικά και φιλικά στον ώμο...

Το θέμα βρίσκεται πάντα κρυμμένο κάπου μέσα στον τομέα αυτό και λειτουργεί με την ισχύ μόνο του... ΦΑΝΤΑΣΤΙΚΟΥ!!!!!

ΤΟΥ ΦΑΝΤΑΣΤΙΚΟΥ ΣΤΗΡΙΓΜΑΤΟΣ, που όμως αντικατοπτρίζεται στην πραγματικότητα και έχει μορφή και πνεύμα... άρα είναι καθαρά υπαρκτό, και ο μόνος λόγος που χρειάζεται η φαντασία για να παρέμβει και να ενσαρκωθεί ως αληθινό πάτημα και στήριγμα είναι γιατί πολύ απλά δεν φαίνεται με την πραγματική μορφή του μέσα στο περιορισμένο οπτικό περιβάλλον που οριοθετείται από τα σίδερα και τα κάγκελα της ίδιας της προσωπικής του κάθε ενός μας... μαύρης και σκοτεινής φυλακής...!!!!!!

Και όμως! Τα σίδερα σπάνε! Και εννοείται βέβαια πως αναφέρομαι καθαρά στη δύναμη την εσωτερική, τη δύναμη της ψυχής και του πνεύματος και όχι σε οποιαδήποτε άλλη μορφή ή κάποιον άλλο διαφορετικό παράγοντα εξωτερικής βοήθειας..

Οι ταλαιπωρίες αυτές αναμφίβολα τεράστιες βέβαια... το

θέμα για μένα πάντα ήτανε στο μετά τι γίνεται??? Μετά που φτάνει κανείς στο σημείο να τα έχει μαρτυρικά υποστεί όλα αυτά και έχει όμως καταφέρει ηρωικά να τα αφήσει πίσω του...

Πολλοί είναι αυτοί που στη συνέχεια δειλιάζουν... Αλλάζουν τρόπο ζωής και συνολικής αντίληψης και ακολουθούν πλέον το επιφανειακό μονοπάτι... Εκείνο του αφρού, της μπεσαμέλ, της σαντιγίς και της ρίγανης στη σαλάτα τους... Πού είναι όμως η μαγεία του βυθού όταν επιπλέεις μονάχα στην επιφάνεια? Θα παίρνανε ποτέ ξανά το απρεπές κουράγιο της άθλιας συμπεριφοράς που προσφέρει η ευχαρίστηση του να βουτήξουν με τα δάκτυλα το ψωμί να βρει το λάδι, τα κρεμμύδια και τα σπασμένα κομματάκια φέτας, η ξεζουμισμένη ντομάτα και να τα χώσουν όλα αυτά μαζί μέσα στο στόμα τους την ώρα που γευματίζουν μαζί με τους γονείς, τους συναδέλφους... πόσο μάλλον το αφεντικό...???

Να το θέσω και αλλιώς? Ποιος είναι αυτός που παρ' όλη τη μανιώδη τρέλα του για τις μηχανές υψηλής ταχύτητας, μετά από ένα συντριπτικά οδυνηρό και παράτολμο ατύχημα έχει ξαναβρεί το κουράγιο και τη θέληση και έχει καταφέρει να ξεπεράσει όλες τις εφιαλτικές, εμπειρικές φοβίες του ώστε να ανέβει ξανά πάνω στη μηχανή του και να τερματίσει στον ανοιχτό δρόμο το κοντέρ της ταχύτητας???

Εγώ χαίρομαι που ξέρω τουλάχιστον έναν!!!!

Τον Μογο!!!!

Είναι το κουράγιο μας αυτό, καθώς και η τρελαμένη επιμονή μας που μας έχει κάνει να βρισκόμαστε νοητικά στο ίδιο παραμετρικό επίπεδο... παραμένοντας γερά συνδεδεμένοι ο ένας με τον άλλο και συνεχώς σε άμεση επαφή του νου και του πνεύματος μέσω οποιασδήποτε μορφής απόρρητης ενδοεπικοινωνίας, ανταλλάζουμε τα μυστικά... σχετικά με το σχέδιο δράσης και εξέλιξης... του δικού μας κόσμου! Αυτού που θέλουμε και επιμένουμε ότι αξίζει και πρέπει και είναι ευθύνη μας πλέον να τον διαφυλάξουμε! Να τον κρατήσουμε πραγματικά ζωντανό! Να αναπνέει! Να δημιουργεί και να σκέφτεται! Να επιλέγει και να προτιμάει!!! Να τολμά...

Δύσκολο? – Ίσως!

Ακατόρθωτο? – ΟΧΙ !!!!!!

Παράτολμο? – ΝΑΙ

Είσαι και εσύ μαζί μας????

Αυτό μόνο θα ήθελα να σε ρωτήσω...?????

Κωλώνεις??? - ΓΑΜΑ ΜΑΣ!!!!!!!

Μένεις απ' έξω!!!

Και ναι ρε μάγκα... το αντίτιμο υπάρχει! Είναι απειλητικό, το ξέρω! Είναι εκφοβιστικό, σε ακούω από τώρα να μασάς και να τρομάζεις... Την έχεις την θέληση όμως??? Πιστεύεις σε ένα δικαίωμα τέτοιο?? Μάλλον πριν σε βάλω καν να το απαντήσεις αυτό... Αρχικά... Το ξέρεις ότι το έχεις, ή τουλάχιστον θα έπρεπε να το είχες...? Το ξέρεις ότι αυτό το δικαίωμα... υπάρχει!!! Το να είσαι διαφορετικός... το να σκέφτεσαι διαφορετικά...το να μη σου φτάνει ο κόσμος τους... Το να πηγαίνεις πάντοτε από τα σκοτεινά σοκάκια, γιατί η λεωφόρος σου έπεφτε πολύ... φωτεινή...

ΜΙΣΩ ΤΗΝ ΕΠΟΧΗ ΜΟΥ!

Ξεκινάω ένα κείμενο που λέγεται... 'Μισώ την εποχή μου!'

Αυτό το ξεκίνημα αυτού του κειμένου οφείλεται σε άλλο ένα απότομο ξύπνημα και αυτό το πρωί... γερού εφιάλτη...

Η αγαπημένη μας πλατεία μετατράπηκε σε πεδίο βολής μέσα σε κλάσματα δευτερολέπτου, στήθηκε ενέδρα στη μέση του δρόμου και παντού εκτοξεύονταν μολότοφ... Μια από αυτές έσκασε ακριβώς μπροστά μου, ενώ κρυβόμουν ή προσπαθούσα να κρυφτώ μέσα στο περίπτερο απ' όπου συνήθως αγοράζω τα τσιγάρα και τις μπύρες μου...

Και δεν πρόλαβα να φύγω γιατί όλο μου το σώμα και τα πόδια μου ήταν πολύ βαριά. Ακριβώς η ίδια αίσθηση του κορμιού μου όταν ήταν καταποντισμένο από βαριά ψυχοφάρμακα τύπου Risperdal και Tegretol... Akineton και δε συμμαζεύεται...

Και μισώ την εποχή μου γιατί εδώ και μήνες ξυπνάω από τέτοια όνειρα. Κι ας κοιμάμαι μέσα στην αγκαλιά του πιο αγαπημένου μου προσώπου...

Μισώ την εποχή μου γιατί ούτε έναν ήσυχο ύπνο μέσα στην αγκαλιά του δεν μπορώ να έχω... Μισώ την εποχή μου γιατί και εκείνος ο ίδιος δεν μπορεί να ηρεμήσει. Όχι στον ύπνο του όμως... Εκείνος τα ζει όταν είναι ξύπνιος κάθε μέρα... Όταν σκάνε τα ΜΑΤ εκείνος βρίσκεται στην απέναντι πλευρά του οδοστρώματος με μαντίλια να του καλύπτουν το πανέμορφο του πρόσωπο... Και άδεια μπουκάλια να εκτοξεύονται στον αέρα... Μισώ την εποχή μου γιατί η εποχή μου τον έχει κάνει να αντιδράει με τέτοιο τρόπο... Ενώ και τα προηγούμενα αγόρια που είχα... Ήταν μέσα στα ναρκωτικά! Μισώ την εποχή μου γι' αυτό! Γιατί είναι όλα αυτά μέρος και κομμάτι της εποχής μου... Έχω ακούσει για κοπέλες που αγαπήσανε να τις σαπίζει στο ξύλο ο ίδιος που αγαπούσαν... Ναρκωτικά πάλι... Έχω φάει και εγώ... πολύ ξύλο! Με σπασμένο τύμπανο να τρέχω στο νοσοκομείο. Χωρίς φράγκο στην τσέπη... και χωρίς να βρίσκεται ένας γιατρός την ώρα που έτρωγα φρίκες ότι χάνω την ακοή μου...

Ναρκωτικά πάλι... ξανά και πάλι... Γιατί αυτή τη στιγμή έχω ένα σπίτι πανέμορφο... Έχω όνειρα πανέμορφα... όμως έξω στην κοινωνία τους είμαι "άνεργη και ανήκω στο περιθώριο..." γιατί έχω ράστα μαλλιά και σκουλαρίκια στη μάπα! Και για κάθε μια φορά που κάποιος με αντικρίζει και με χαρακτηρίζει έτσι, ανοίγω άλλη μια τρύπα. Περνάω άλλο ένα σκουλαρίκι! Κι ας το ξέρω πως μειώνω τις πιθανότητες να με δεχτούν κάπου για δουλειά...

Μισώ την εποχή μου γιατί δεν έχω από κάπου να πιαστώ... Γιατί κάτι αληθινό δεν υπάρχει! Γιατί και αληθινό να θέλει να φαίνεται από μακριά μένεις με την ψευδαίσθηση... μέχρι να το πλησιάσεις και να το γνωρίσεις καλύτερα από... μέσα! Και μετά αντικρίζεις άλλη μια απογοήτευση που θα πρέπει στη συνέχεια να ξεπεράσεις... Ενώ εσύ ακόμα δεν έχεις από κάπου να πιαστείς...

Μισώ την εποχή μου γιατί διακρίνω την κατάθλιψη- Κυρίως στα νεαρότερα παιδιά- όχι στα μεγαλύτερα... Σε εκείνα που θα έπρεπε να μας χαμογελάνε...

Μισώ την εποχή μου γιατί χάνονται μέσα σε αυτή άνθρωποι με πραγματικές αξίες και... αληθινό ταλέντο...

Μισώ την εποχή μου γιατί είναι ακριβή! Γιατί δεν υπάρχει πλέον χιούμορ! Γιατί τα αστεία της εποχής μου είναι άνοστα! Γιατί οι φίλοι μου τα έχουνε χαμένα! Γιατί στο χέρι του αγοριού μου υπάρχουνε σημάδια από χαρακιές! Γιατί φοβάμαι να χρησιμοποιήσω το μετρό! Γιατί στα αλήθεια δεν έχω σε κάποιον να μιλήσω... Γιατί η εικονική πραγματικότητα είναι πια πολύ πιο όμορφη και απελευθερωτική από την πραγματική πραγματικότητα!

Γιατί φοβόμαστε ακόμα και έρωτα να κάνουμε... Τρομάζουμε να φέρουμε τα δικά μας παιδιά σε αυτόν τον τόπο... Μα πάνω απ' όλα...

Μισώ την εποχή μου γιατί κατάλαβα πια... πως εγώ... δεν μπορώ να κάνω τίποτα για να την αγαπήσω...

ΑΠΟΡΡΙΠΤΟΝΤΑΣ
ΤΟ ΤΙΠΟΤΑ

Σε προηγούμενες, μάταιες και απελπισμένες σκέψεις έβαλα Χ!!!

Σε φοβίες και ανασφάλειες κάθε είδους, επίσης...

Έσβησα και έκαψα στην πυρά και παλαιότερα κείμενα χειρόγραφα δικά μου κάθε είδους που μονάχα μια μανιοκατάθλιψη και μια ηττοπαθή και μίζερη διάθεση θα μπορούσε ποτέ να τα χαρακτηρίσει...

Αυτή τη στιγμή απορρίπτω πρώτη εγώ αυτό το ηττημένο ΤΙΠΟΤΑ που υποστήριζα ότι δεν ήμουνα σε θέση εγώ η ίδια να κάνω για να τα δω να αλλάζουν τα πράγματα, έστω στο μικρό, στο ελάχιστο τους με την ταπεινή μου ύπαρξη σε αυτόν τον κόσμο...

Γιατί άρχισα πλέον να σκέφτομαι αλλιώς... και επιτέλους κατάλαβα ότι δεν εκπλήρωνα τίποτα παραπάνω παρά μονάχα τον δικό τους τον σκοπό, νιώθοντας και ενεργώντας κατά τέτοιο υποδουλωτικό τρόπο... και να φανταστεί κανείς ότι με βρήκανε και με σκέπασαν τέτοια μαύρα σύννεφα σε πάρα πολύ μικρή ακόμα ηλικία... Εκεί που όντως παρουσιαζόταν προβληματικό, αντί για την ανεμελιά, τη δύναμη και την όρεξη για ζωή, ένα νεαρό άτομο να πέφτει θύμα τέτοιου μεγέθους αβάστακτου υπαρξιακού προβληματισμού...

Άλλοι με κατονόμαζαν τότε απλά σαν... πολύ ώριμη για την ηλικία μου... Ήταν περισσότεροι εκείνοι που εντελώς φρικάρανε με τον τρόπο που αντιδρούσα και σε όλους μιλούσα έξω από τα δόντια για όλα εκείνα τα οποία έβλεπα, διαισθανόμουν και στην τελική αντιμετώπιζα κιόλας με τον πιο επιθετικό και ευθύ τρόπο που θα μπορούσε ποτέ κανείς να αντιδράσει...

Νεύρα... Ατελείωτα νεύρα... Να ζεις σε μια κοινωνία μέσα όπου κανένας δεν σου κάνει... Κανένα δεν παραδέχεσαι... Να τους βλέπεις όλους σαν θύματα ή υποψήφια θηράματα κάποιου τεραστίων διαστάσεων θηρίου, χωρίς όμως να μπορείς να τους πείσεις για αυτό... ούτε καν να βρίσκεσαι σε θέση να μπορείς να το κατονομάσεις και να το περιγράψεις αυτό το μέγεθος της απειλής σε κανέναν... Ειδικά από τη στιγμή που οι ίδιοι τους δεν ήτανε σε θέση να ακούσουνε... ή να καταλάβουνε σε τι είδους παραπλάνηση ήτανε χωμένοι ή καταδικασμένοι... Γιατί για όλους αυτούς πήγαιναν όλα και για μια ζωή όλα καλά... Ανυποψίαστοι, εκμεταλλεύσιμοι... ευκολόπιστοι... καθοδηγημένοι από τα πάντα που είχανε φτιαχτεί για να τους καθοδηγούν... χωρίς την παραμικρή υποψία.. χωρίς τον παραμικρό προβληματισμό... Έτοιμα όλα... για μάσα... Μαθημένοι για να τρώνε καταναλώνοντας και ύστερα να χωνεύουν, χωρίς να έχουνε αναρωτηθεί ποτέ για τον λόγο ύπαρξης ή για το νόημα μιας κουβέντας του στυλ... ΜΗ ΜΑΣΑΣ!!!!

Εγώ ευτυχώς πάντα έβρισκα το χρόνο να σταματήσω και να σκεφτώ... να επεξεργαστώ με τον δικό μου πάντα τρόπο μια κουβέντα σαν αυτή... Μη μασάς... Η ετοιμολογία είναι να μην πιστεύεις... ή ακόμα περισσότερο, να μην χωνεύεις κιόλας όλα αυτά τα οποία σου σερβίρουν... Φτιάξε μόνος σου ρε και σέρβιρε στον ίδιο σου τον εαυτό τις ιδέες και όλα τα πιστεύω που θα ήθελες ποτέ να ακολουθήσεις!!! Μη δέχεσαι το έτοιμο... Το προ-κατασκευασμένο... μόνο το κέρδος του ψάχνει να βγάλει για να ξοφλήσει τον κόπο του και το κόστος της πρόνοιας του γιατί δεν κατασκευάστηκε έτοιμη τροφή για σένα και τον εγκέφαλό σου έτσι, τζάμπα... χωρίς τα έξοδά του... Για να σε γλιτώσει δηλαδή από τον κόπο και την κατανάλωση ενέργειας που βάζεις για να... ΣΚΕΦΤΕΙΣ!!!!

Δεν υπάρχει περίπτωση μια προκατάληψη ή μια ευρύτερη κοινωνική πεποίθηση να ξεπετάχτηκε έτσι στην κοινωνία σαν εύκολη τροφή της συνείδησής της χωρίς να αποσκοπεί κάπου...

Κάπου... Πού όμως??? Αναρωτιέται πλέον κανείς...???

Πού αποσκοπείς ρε, με όλα τα μηνύματα που μου πλασάρεις??? Που πας να μου περάσεις την ώρα που οδηγώ το αμάξι μου και ακούω ραδιόφωνο... την ώρα που μαγειρεύω σπίτι μου και έχω ανοιχτή την τηλεόραση... την ώρα που πάω να κάνω έρωτα και πρώτα από όλα τα υπόλοιπα σκέφτομαι με εκφοβιστική ανασφάλεια πως πρέπει να χρησιμοποιήσω και να βάλω το προφυλακτικό...

Γιατί έχω φτάσει στο σημείο να ΣΙΧΑΙΝΟΜΑΙ τους συνανθρώπους μου και να μην εμπιστεύομαι κανέναν... να μην αγαπάω και κανέναν... να τους υποψιάζομαι ΟΛΟΥΣ, εκτός βέβαια από τους ανταποκριτές θανάτου των καθημερινών ειδήσεων και τον κρεοπώλη της γειτονιάς μου που ο τύπος σίγουρα θέλει το καλύτερο δυνατόν της υγείας μου και μου πλασάρει το σωστότερο κατά ποιότητα ανατροφής βόδι ή κοτόπουλο της ανεξέλεγκτης και μαζικής του αγοράς, αναμφίβολης επίσης προελεύσεως της συγκεκριμένης κανιβαλίστικης τροφής...

ΔΙΑΦΥΓΗ!!!! ΚΑΙ ΣΩΤΗΡΙΑ ΑΝΑΖΗΤΟΥΣΑ...

Δεν θέλω να φοβάμαι άλλο πια! Δεν θέλω να δυσπιστώ για τους γύρω μου... Δεν θέλω να υποψιάζομαι αυτούς που είναι υπεράνω υποψίας μόνο και μόνο επειδή έτσι θα έπρεπε, ενώ από την άλλη οτιδήποτε είναι προσχεδιασμένο από ένα απρόσωπο κράτος με όλους τους ηθικούς και ανήθικους φραγμούς του, να το δέχομαι, να το υπηρετώ και να το σέβομαι, χωρίς να το επεξεργαστώ εγώ ο ίδιος μέσα μου... να το επικρίνω άμα μου βρομάει... άμα νιώσω ότι το υποψιάζομαι, έστω και στο παραμικρό και στο ελάχιστο σημείο του...

ΕΠΕΞΕΡΓΑΣΙΑ ΚΑΙ ΥΠΕΝΘΥΜΙΣΗ ΚΟΙΝΗΣ ΑΝΘΡΩΠΙΝΗΣ ΕΓΚΕΦΑΛΙΚΗΣ ΔΥΣΛΕΙΤΟΥΡΓΙΑΣ!!!

Επεξεργαστείτε μόνοι σας τα δεδομένα, καταναγκαστικά, υπαρξιακά ντοκουμέντα της ίδιας της δικιάς σας της φευγάτης εποχής, γιατί αλλιώς το P.C. σας θα το κάνει για εσάς κι ας μην του έχετε ποτέ δώσει την εξουσιοδότηση... Θα αρχίσει να σας επικρίνει το ίδιο το περισσότερο σκεπτόμενο μηχάνημά σας!!! Θα σας χαρακτηρίζει τεμπέληδες και ασυνείδητους... Θα αρχίσει να αναπτύσσει ένα συναίσθημα υπεροχής απέναντί σας, να σας κατονομάζει ως ηλίθιους, ανεγκέφαλους χρήστες της ίδιας της τεχνολογίας του και μετά θα είναι πολύ αργά ήδη για να μπορέσετε να το κλείσετε και να το θέσετε εκτός λειτουργίας για να σταματήσει να σας βρίζει που δεν σκέφτεστε αρκετά και να το βουλώσει επιτέλους το πανέξυπνο και υπερσύγχρονο πλέον μηχάνημα το οποίο κάποτε νομίζατε ότι εσείς οι ίδιοι χρησιμοποιούσατε και παίζατε στα δάκτυλά σας...

ΤΕΛΟΣ ΕΠΟΧΗΣ έχει πραγματικά έρθει πια, χωρίς εσείς οι ίδιοι που την ζείτε και την φτάσατε στο τέλος της να το έχετε στα αλήθεια διαπιστώσει...

Και τώρα... επιβιώστε με την ψευδαίσθηση της υψηλής και καλά κυριαρχίας σας που τόσα χρόνια τώρα σας τροφοδοτούσε ή απλά... υποδουλωθείτε μια και για πάντα και χωρίς προηγούμενο στην ιστορία ολόκληρη της ανθρωπότητας μέχρι τώρα και αφήστε μια απλή συσκευή και ένα ολόκληρο και εξειδικευμένο σύστημα φτιαγμένο αποκλειστικά και μονάχα για τον συγκεκριμένο λόγο και αιτία να σας ορίζει και είτε να σας αφήνει αέρα αρκετό για επιβίωση, είτε όχι... αναλόγως με τον τρόπο λειτουργίας και εφαρμογής, χρησιμότητας ή όχι των εγκεφαλικών κυττάρων σας και συνειδησιακών σας ερεθισμών...

Τι έγινε???

Στα έκανα επιτέλους λιανά και άρχισες τώρα μια στιγμή να με υπολογίζεις και να βασίζεσαι και πάνω στα... σοφά μου τα λόγια ρε ξεφτιλισμένο και ξέμπαρκο ανθρωπάκι???

ΣΤΑ ΑΡΧΙΔΙΑ ΜΟΥ ΡΕ!!!!

Δεν πας να ψοφήσεις ρε...???

Τώρα δηλαδή μας θυμήθηκες και άρχισες για λίγο να μας δέχεσαι και εμάς τους... «περιθωριακούς» τους... «αναρχικούς» και τους... «κακούς» ?????

Ο κύκλος ο δικός μας έχει κλείσει ήδη για εμάς ρε άχρηστε προσποιητή και καλά του ανθρώπινου υπερευαίσθητου είδους σου...!!!!!!!!!!!!!!

Φάε το πακέτο τώρα, είναι η σειρά σου να μείνεις εσύ απ᾽ έξω...!!!!!

Τόσα χρόνια, τόσο πια καιρό, τα φωνάζαμε όλα αυτά! Δίπλα σου ζούσαμε και για πάντα πονούσαμε... Όλα αυτά τα είχαμε να μπαίνουν και να βγαίνουν συνεχώς μες στο μυαλό μας, μα τώρα το μέλλον αν ακόμα υπάρχει, θα είναι όλο ΔΙΚΟ ΜΑΣ!!!!

Και τι θα το κάνουμε??? Μα ασφαλώς και πάνω από όλα θα το... ΥΠΕΡΑΣΠΙΣΤΟΥΜΕ!!! Και γιατί εμείς και όχι κανένας άλλος αντί για εμάς στη θέση μας...??? Γιατί εμείς ξέρουμε αληθινά τι πάει να πει και το κόστος που υπάρχει να θες πραγματικά να ζεις τη ζωή σου υπερασπιζόμενος κάτι που ειλικρινά αξίζει...

Και ξέρεις και κάτι ακόμα? Όλοι εσείς μας το μάθατε αυτό...! Αυτή τη δύναμη που κρύβουμε μόνο εμείς μέσα μας, εσείς όλοι μας τη χαρίσατε... όλη αυτή την αντοχή, την απεγνωσμένη ενέργεια, μας την χαρίσατε απλόχερα, όταν οι ίδιοι νομίζατε ότι μας κάνατε κακό, περνώντας μας από δικαστήρια ενώπιος και καταδικάζοντας, κατηγορώντας μας για κάθε είδους, ανεπίτρεπτης και εναντιωματικής προς το στημένο εν ονόματι της διαφθοράς και της ανεντιμότητας σύστημα της εποχής που όλοι μας βιώνουμε και μέσα στο συγκεκριμένο κιόλας ζούμε... Αλλά είπαμε...!!! Εμείς είμαστε η καταστροφή έτσι??? Εμείς είμαστε αυτοί που θα έπρεπε να σβηστούμε από τον χάρτη ώστε να πηγαίνουν όλα... γαμημένα καλά γύρω σας...

Κάτι ώρες σαν κι αυτές τις περνούσα κάποτε ολομόναχη... κάτι τέτοια αβάσταχτα νεύρα ατελείωτης απόγνωσης δεν ήξερα τι να τα κάνω... πώς να ηρεμήσω... σε ποιόν να τα πω και να τα συζητήσω λίγο... να τα βγάλω από μέσα μου...

Μια νύχτα είχα ρίξει κάτω και είχα σπάσει ολόκληρο το σπίτι της χωρισμένης μου οικογένειας... με κυνηγήσανε μετά και ναι, το πλήρωσα!

Τώρα όμως έχω αυτόν δίπλα μου! Τον Μογο!!! Με ακούει, και με νιώθει ΠΑΝΤΑ!

Με υπερασπίζει... με καταλαβαίνει όταν βράζω από τον θυμό ή όταν με τρώει και δεν με αφήνει να κοιμηθώ η αγωνία... Προς τα πού πηγαίνουμε; Μέχρι πού θα φτάσουν επιτέλους τα πράγματα; Με παίρνει στη δυνατή του αγκαλιά... μου απαντάει... ΜΗ ΦΟΒΑΣΑΙ ΤΙΠΟΤΑ... ΜΗ ΦΟΒΑΣΑΙ ΤΙΠΟΤΑ... ΤΙΠΟΤΑ... ΤΙΠΟΤΑ!!!!!!

Και έτσι να που βρήκα έναν πολύ σημαντικό λόγο να απορρίψω ένα ηττημένο και αυτοκαταστροφικό ΤΙΠΟΤΑ και να του δώσω ένα άλλο, καινούριο πια νόημα...

Πολύ πιο γενναίο και ουσιώδες! Πολύ πιο ισχυρό και ανατρεπτικό!!!

Αντί για να μην κάνω λοιπόν τίποτα, θα κάνω ότι περνάει από το χέρι μου, χωρίς ποτέ να φοβάμαι για τίποτα... και ίσως κάποτε από αυτό το τίποτα, κάτι στο τέλος να βγει...!!!

ΑΠΟΚΡΥΠΤΟΓΡΑΦΗΣΗ

"Ο στόχος είναι στο μυαλό σου... Το νου σου ρε!!!"

Έβλεπα τη φίλη μου να βγάζει τον κόκκινο μαρκαδόρο και να σκιαγραφεί το μήνυμα στις πιλοτές, στα παγκάκια, στους τοίχους... παντού από όπου περνούσαμε κατηφορίζοντας προς τα γνώριμα, τα δικά μας στέκια κάθε νύχτα...

Μήνυμα στα κλεφτά, μήνυμα στα κρυφά και στα γρήγορα, σφραγίζοντας το με το αναρχικό αλφάδι από κάτω...

Τι χρειάζεται όμως η δήλωση ότι ένα τέτοιο μήνυμα είναι και σύνθημα αναρχίας;

Από μόνο του στέκει, εκπέμπει, διαφαίνεται και τα λέει όλα...

Όταν κυκλώνεις όμως το αλφάδι, ξέρεις ότι πλέον δεν θα το βλέπουνε όλοι..

Πως από το τελείωμα του κύκλου και μετά, θα αναφέρεσαι μόνο σε συγκεκριμένα και διακεκριμένα άτομα... Οι υπόλοιποι θα προσπερνούν... Δεν θα τους νοιάξει να ασχοληθούν καν και να διαβάσουν το περιεχόμενο...

Γι' αυτό το κυκλώνουμε άλλωστε! Και να το διάβαζαν τι νόημα θα βγάζανε;

Για αυτούς η έννοια της λέξης "στόχος" είναι μόνο μια...

ΛΕΦΤΑ!!!!

Δεν υπάρχει άλλη ερμηνεία μιας τέτοιας λέξεως στη ζωή τους ολόκληρη...

...Και όλα αυτά δεν χρειαζόταν να τα συζητήσω και να

τα αναλύσω σε τέτοιο βάθος με τη φίλη μου... Γιατί εκείνη ήξερε!

Είχα ήδη βρει τα δικά μου άτομα... Εκείνους που έψαχνα! Εκείνους που νοσταλγούσα...

Και βρίσκονταν γύρω μου, κοντά μου, κάθε μέρα, κάθε νύχτα... στην κάθε στιγμή...

Μέσα στην αγκαλιά του κοιμόμουνα. Μέσα στις σκέψεις τους ζούσα και υπήρχα. Μοιραζόμουν δυνατές συγκινήσεις μαζί τους, πάνω σε ζόρικες ώρες και κοινές εμπειρίες που πραγματικά μπορούν να σε αλλάξουν...

Σκεπάστηκε ο αδιάφθορος ήλιος της μοναξιάς και άρχισε να βρέχει...

Όσο δυνάμωνε το μπάσο στη μουσική, τόσο περισσότερο έβρεχε... Έγιναν οι δρόμοι χείμαρρος και ο χείμαρρος πλημμύρα και εμείς γελούσαμε! Αδιαφορώντας για τους απεγνωσμένους, σκυφτούς, τρεχάμενους γαμοσταυρίζοντας περαστικούς... Γελούσαμε μαζί τους.. «Να τους δω να τρέχουν» (Terror x Crew)!!! Φωνάζαμε ο ένας στον άλλο και λυνόμασταν πάλι στα γέλια!! Αργήσατε ρε! Στη δουλειά σας! Είσαστε ένα μουσκίδι σκατά και θα τα ακούσετε και από πάνω από τα αφεντικά σας!!!

Αφού αφήνετε άλλους να ορίζουν την μιζέρια της ημέρας σας... Σκυλομουσκευτείτε! ...Εμείς τη χαιρόμαστε την ευλογία της βροχής... Τη σεβόμαστε την μανιώδη δύναμη του αγέρα... Χαζεύουμε μπροστά σε μια άγρια θάλασσα με φουσκωμένα νερά και κύματα που σκάνε με θυμό πάνω στο παλιό λιμάνι... Δεν είναι πίνακας overpriced σε καμιά κυριλέ και χλιδάτη γκαλερί, ψοφισμένος εκεί μέσα! Είναι πίνακας της ζωής αυτός... Πίνακας και αριστούργημα! Εικόνα διαφυλαγμένη στη μνήμη μας μέσα... και ταυτισμένη απόλυτα με πανομοιότυπα, ακριβή ΛΥΣΣΑΣΜΕΝΑ από οργή ΣΥΝΑΙΣΘΗΜΑΤΑ ΔΙΚΑ ΜΑΣ!!!!!

Εβίβα στις μανιασμένες θάλασσες!! Κι εμείς μακριά, πολύ μακριά θα ταξιδεύουμε... Έπαιζε ξανά ο στίχος στο μυαλό μου... Και ακριβώς εκείνη την ώρα πήρα ένα μήνυμα από τον Μογο: Θα φύγουμε κάποια μέρα, μου λέει, μικρή! Θα ταξιδέψουμε προς το δικό μας άστρο... και θα μένουμε εκεί πια... ΟΛΟΙ ΜΑΖΙ!!!

Θα τους κοιτάμε μετά όλους από εκεί πάνω, ακόμα να τρέχουνε... ακόμα να ξοδεύονται... να σπαταλάν άδικα τις πνοές και τις ζωές τους... Υλικές ζημιές, ανήθικες σχέσεις... ζήλια, κόμπλεξ κατωτερότητας... ανεκπλήρωτες ανάγκες εσωτερικών κενών και διαπλοκή συναισθημάτων...

Ολική άρνηση σε όλα αυτά!!! Από δική μας πλευρά τουλάχιστον, στο δικό μας κόσμο ούτε χωράνε, ούτε τα θέλουμε, ούτε τα υιοθετούμε ΠΟΤΕ, ούτε από συνήθεια, ούτε από ανεύθυνη απερισκεψία μιας εκτύφλωσης γενικευμένης που κυριαρχεί σαν απόλυτος μονάρχης στις σύγχρονες μάζες πληθυσμών...

Περπατούσα ανάμεσα σε μια τέτοια παραδειγματικά επιλεγμένη μάζα της πρωτεύουσας μια από τις προηγούμενες ημέρες... Δεν ήμουνα εκεί... Κανείς δεν με έβλεπε... δεν είχε παρατηρήσει την ύπαρξή μου σαν κρυφός ιός μέσα στο εξειδικευμένο πρόγραμμα της συγκεκριμένης ημερομηνίας και χρονικής καταγραφής...

Τα κατάφερα όμως και το εντόπισα το λάθος του προγράμματος... Το ευαίσθητο σημείο του... Και εκεί το πάτησα το delete...

Ήταν τα λόγια μου στον Μογο αυτά λίγο πριν μου απαντήσει με το μήνυμα του για να με συνεφέρει από τη δύσκολη αποστολή που μου είχε ανατεθεί εκείνη την ημέρα...

Το λάθος ήταν τόσο απλό, όσο ήταν και δύσκολο να εντοπιστεί... Πάντα έτσι δεν γίνεται? Οι πιο μεγάλες αλήθειες δεν κρύβονται πάντα μέσα στα πιο απλά νοήματα?

Εκείνη την αλήθεια κατάφερα να την αποκρυπτογραφήσω από τα λόγια ενός τυχαίου δήθεν περαστικού που προχωρούσε στο δρόμο μπροστά μου, φορτισμένος, αγχωμένος και απασχολημένος από την κουβέντα που είχε αναπτύξει εκείνη την ώρα στο κινητό του... Σε μια στιγμή αγχώθηκε ακόμα περισσότερο γιατί... όπως είπε και ο ίδιος στον συνομιλητή του... δεν είχε μπαταρία... ΔΕΝ ΕΧΩ ΜΠΑΤΑΡΙΑ!! ΔΕΝ ΕΧΩ ΜΠΑΤΑΡΙΑ...

Εκεί εντοπίστηκε το λάθος... κατέρρευσε το πρόγραμμα... το έκαψα... Αποκρυπτογραφώντας μια έκφραση και μια κουβέντα που ουσιαστικά δεν στέκει, ούτε ισχύει, αν θέλουμε πραγματικά να διαφυλάξουμε το είδος μας σαν ανθρώπινα όντα και όχι ηλεκτρονικές κούκλες φτιαγμένες όλες για τον ίδιο σκοπό... Την παραγωγική κατανάλωση... Και όμως... ήταν πολύ σημαντική η λεπτομέρεια... και πολύ σωστά καμουφλαρισμένη... πολύ όμορφα πλασαρισμένη στο ευρύτερο κοινό από διαφημιστικές εκστρατείες και ατελείωτες ώρες αναμετάδοσης της πιο φριχτής προπαγάνδας... Πήγανε να τα καταφέρουν, να το περάσουν το μήνυμα, να το εξαπλώσουν παντού και μετά να το χρησιμοποιήσουν ως ένα ακόμα ισχυρό όπλο στα χέρια τους με στόχο την παραγωγή του υπέρτατου επιτεύγματος τους... την κατασκευή του τηλεκοντρολόμενου μηχανικά εκμεταλλεύσιμου και νεκρωμένου εγκεφαλικά ανθρώπινου είδους...

Δεν έχω μπαταρία... άκου έκφραση που χρησιμοποιούν... και όχι μάλιστα! Καθόλου μεταφορικά πλέον... Κάποτε μπορούσαμε να συζητάμε με τα αγαπημένα μας πρόσωπα μέχρι να κουραστούμε και να κλείσουμε τα μάτια... να αφεθούμε στην μαγική σωματική και εγκεφαλική ξεκούραση του ύπνου... Τώρα... τελειώνει η μπαταρία μας και αμέσως κόβεται και η επαφή... νιώθεις να αποκόβεσαι από τους πάντες και τα πάντα... Λες και ζούμε όλοι σε διαφορετικούς πλανήτες και άμα χάσουμε το σήμα από τον δορυφόρο χαθήκαμε...

Εκεί βρίσκεται όλη η... μαγκιά μας, αν κάποιος ήθελε να το πει έτσι απλά αλήθεια όλο το κόλπο που μας διαχωρίζει εμάς τους... αναρχικούς (!) όπως μας λένε, από τους υπόλοιπους... συμπολίτες μας... (ανάθεμα κι αν ξέρουνε πολίτες ποιανού πλανήτη είναι!)

Ακριβώς στο ότι εμείς μπορούμε να σπάσουμε τους κωδικούς τους και να διαβάσουμε πίσω από τα παραπλανητικά τους μηνύματα, χωρίς να αφήνουμε το ηλίθιο τους νόημα να μας ορίζει και να μας καθοδηγεί... Ενώ εκείνοι τι καταλαβαίνουν ακόμα και όταν πεις ότι σταματάνε για λίγο να διαβάσουνε και να ασχοληθούν με τον δικό μας κόκκινο μαρκαδόρο???

ΝΑ ΣΠΑΣΟΥΜΕ ΤΟ ΔΙΑΝΟΗΤΙΚΟ ΕΜΠΑΡΓΚΟ

Αυτό το είχα βρει γραμμένο έξω από το σπίτι μου, ακριβώς κάτω από το παράθυρό μου, ένα πρωί που άνοιξα την πόρτα αποφασισμένη να βγω έξω και να αλλάξω εγώ μόνη μου τον κόσμο, αφού είχα απελπιστεί ότι άλλοι σαν εμένα δεν βρίσκονται, και δεν με έπαιρνε άλλο να περιμένω... Είδα το σύνθημα τότε και κάτι ηρέμησε μέσα μου... αμέσως χαμογέλασα... ένιωσα ένα κύμα ζεστό να διαπερνά την καρδιά μου... σταμάτησα να πιστεύω ότι είμαι μόνη μου και ξανακλείστηκα αμέσως στο σπίτι βάζοντας δυνατά τη μουσική... Εκείνο το βράδυ ήταν που άνοιξα τον υπολογιστή αναζητώντας τους warriors στο διαδίκτυο... Τότε που ήρθε ο Μογο να με πάρει και να μου δείξει το δρόμο προς ένα φρούριο ασφαλές όπου θα μπορούσαμε να συζητήσουμε για τα πάντα που μας αφήνανε χαμένους στο διάστημα τόσο καιρό... μακριά από τη διαφάνεια και την... ΑΛΗΘΕΙΑ!!!

ΙΣΤΟΣΕΛΙΔΑ
ΚΑΤΑΚΡΑΥΓΗΣ

Εχθές είδα έναν άνδρα να πέφτει... Έναν ακόμα φίλο να πέφτει... Τελικά δεν ξέρω αν πρόλαβα ή αν είχα προλάβει τότε, στην αρχή ακόμα της αναπόφευκτα καθοδικής του πορείας να κάνω μια πραγματικά δυνατή ευχή... Άκουσα μια κατακραυγή... Μέσα στον ύπνο μου... την άκουσα ξανά, λίγη ώρα μετά που είχα ξυπνήσει... την άκουσα άλλη μια φορά. Την ώρα που ήμουνα και δούλευα μέσα στο studio. Κραυγή βοήθειας. Κραυγή για σωτηρία... από αυτές που σου σηκώνεται η τρίχα όταν τις ακούς... Ειδικά όταν είναι τόσο δυνατές.. όταν ηχούν τόσο κοντά σου!!! Δεν ξέρω αν έχει τύχει σε πολλούς αυτό το πράγμα. Δεν ξέρω αν μπορεί να καταλάβει κανείς αυτή τη στιγμή τη σοβαρότητα μιας τέτοιας κατάστασης... Δεν ξέρω καν εγώ η ίδια τι θα μπορούσα περισσότερο να κάνω για να βοηθήσω σε αυτή την κατάσταση εκτός από μια... γαμημένη ευχή αλήθεια... Ψάχνω να βρω τον τρόπο... There's got to be a way...

Έρχεται ο θάνατος... τόσο κοινός... να κερδίσει την ματαιότητα της υπεροχής που σημαδεύει τον καθένα μας... τόσο σκληρός που ευχές δεν ακούει, από προσευχές δεν συγκινείται... τόσο κοντά... μερικές στιγμές... Δεν πρέπει να τον αφήσεις να σε κερδίσει!!! Που να βρεθεί η δύναμη??? Θα μου πεις... Μέσα σε ένα σύνολο που δεν νοιάζεται ούτως ή άλλως... Φωνάζεις ΟΧΙ και αντιστέκεσαι σε μια απειλή που ήρθε να την πέσει στην εποχή σου... Ουρλιάζεις τόσο δυνατά που σπάνε οι χορδές και σωπαίνουν οι γοργόνες... Και πάλι... το πιο δυνατό σου ουρλιαχτό δεν αρκεί. Όλη σου η δύναμη δεν φτάνει... το κύμα της απόγνωσης είναι πολύ πιο ισχυρό... Σε παίρνει για μια ακόμα φορά μαζί του... Χαμένος, ξεχνάς να κολυμπάς... Ίσα που θυμάσαι να επιπλέεις... Και αν τα καταφέρεις να το κάνεις με το κεφάλι προς τα πάνω, έχει καλός... μπορεί και να την γλιτώσεις! Στην περίπτωση που ξεχαστείς και γυρίσεις ανάποδα... απλά θα πνιγείς... μόνο οι γοργόνες θα μπορούσαν να σε σώσουν... Εσένα ή ότι απέμεινε από σένα... Ο βυθός... είναι τόσο όμορφος, τόσο γαμημένα όμορφος, που εύκολα μπορεί να γίνει άλλο τόσο... επικίνδυνος... Να σε κρατήσει εγωιστικά για πάντα εκεί κάτω... ποτέ ξανά η ζωντανή αναπνοή της επιφάνειας...

Ας είναι και έτσι! Θα γίνουμε ΝΑΥΑΓΟΣΩΣΤΕΣ!!!

Θα μεταμορφωθώ σε γοργόνα! Κάτι θα κάνω! Μαγικά! Δεν ξέρω και εγώ τι!!!

Απλά σου την βιδώνει! Να στέκεσαι και να παρακολουθείς ένα σύστημα απρόσωπο, εφιαλτικό, να στήνεται μπροστά σου στο μέγεθος της μεγαλύτερης απειλής προς τη ζωή σου την ίδια και να γίνεσαι μάρτυρας της εκδικητικότητάς του κάθε φορά που χτυπάει αλύπητα τους φίλους σου... τους δικούς σου... τα αδέλφια σου...

Ξεκίνησα άλλο ένα κείμενο μέσα στην αϋπνία μου, που ειλικρινά θα προτιμούσα χίλιες φορές να μην υπήρχε πουθενά μέσα στο μυαλό μου ένας τέτοιος λόγος, ένα τόσο δυνατό ερέθισμα για να το ξεκινήσω. Ποτέ!!! Θα μιλήσω με σκληρά και δυνατά λόγια ίσως... εκτός αν στη συνέχεια λυγίσω και με πιάσουνε τα δάκρυα...

Αναφέρομαι σε κάτι που μου είναι δύσκολο αυτή τη στιγμή να βρω τα κατάλληλα λόγια για να το περιγράψω... διαμορφώνω μια ιστοσελίδα που από μόνη της βρήκε απόψε τίτλο, ενώ δεν έχω καν την παραμικρή ιδέα πως θα εξελιχτεί η συνέχειά της...

Δε διστάζω να το πω πως... φοβάμαι! Πάω να βγω στον αντιπερισπασμό και στην αντεπίθεση και να δημιουργήσω κάτι με περίσσιο κουράγιο και ακλόνητη αντοχή για να ενισχύσω με την πρωτοβουλία μου αυτή μια θέση και μια στάση ζωής που μεταφράζεται μέσα μου ως τον μοναδικό δρόμο της ελεύθερης βούλησης και τον μοναδικό τρόπο σωτηρίας της ψυχής μας της ίδιας από την παραπλάνηση μιας βίαιης, απαιτητικής και ανώφελης πολλές φορές σπατάλης της ζωής μας και είναι πολλές οι φορές που αισθάνομαι πως πραγματικά έχω όλη τη δύναμη και το κουράγιο να το κάνω αυτό... αλλά έρχεται κάτι και με χτυπάει... σχεδόν πισώπλατα... Και εμένα μπορεί να με αγγίξει μονάχα έμμεσα βέβαια... όμως άλλους από τους οποίους θα περίμενα πραγματικά πολλά περισσότερα, τους θερίζει αλύπητα η ίδια η γνώση τους ακριβώς γύρω από όλα τα συγκεκριμένα θέματα, που δεν είμαι η μοναδική που σχολιάζω και αντιτίθεμαι σε αυτά...

Σιγά σιγά... όλοι οι επαναστάτες γύρω μας λιγοστεύουν... και χάνονται. Φεύγουνε από κοντά μας μέσα σε ένα πολύ μικρό χρονικό διάστημα, έχοντας καταφέρει και έχοντας μόλις προλάβει να ολοκληρώσουν ένα πολύ μικρό κομμάτι μόνο του συνολικού έργου που θα μπορούσανε με τη δράση τους και την καθαρή σκέψη τους να προσφέρουν στην ανθρωπότητα... Είναι ή δεν είναι έτσι; Ρωτάω μέσα από μια απεγνωσμένη ιστοσελίδα να μου απαντήσει πάλι κάποιος... Για να μην αρχίσω να αναφέρω και να αραδιάζω στη σειρά παραδειγματικά ονόματα πολύ μεγάλων ανθρώπων που έσβησε το άστρο τους προτού προλάβει να ολοκληρώσει τη σπείρα της πορείας του μέσα στη χαοτική μαύρη τρύπα του διαστήματος της ζωής τους...

Αναρωτιέμαι αν υπάρχει κάποιος συγκεκριμένος λόγος που πάντοτε γίνεται αυτό... Αν δεν είναι αληθινά μια πολύ προσεκτικά στημένη συνωμοσία, τότε τι είναι...???

Γιατί πάντοτε αυτός ή εκείνοι που είχανε καταφέρει να φτάσουν σε ένα άλλο βαθμό το επίπεδο της τέχνης τους, της νοημοσύνης τους και της αντίληψής τους, μόλις κάνανε γνωστό προς τον έξω κόσμο τον βαθμό αυτό της δύναμής τους εξαφανίζονταν και φεύγανε όλοι μακριά σε μια άλλη ζωή, παίρνοντας μαζί τους την ευκαιρία που θα δίνανε σε εμάς να έχουμε κάποια εναλλακτική εκτίμηση και ερμηνεία των γεγονότων, αλλά και των πάντων που κινούνται και εξελίσσονται γύρω μας;

Μερικούς τους βγάλανε στο τέλος τρελούς και τους απομονώσανε, άλλους τους αποστομώσανε, δεν ξέρω πόσοι σκοτώθηκαν, και ίσως οι περισσότεροι φτάσανε στο σημείο να θέλουνε να καταστρέψουν τόσο πολύ τους εαυτούς τους που πέσανε στα βαριά ναρκωτικά και σε ένα παιχνίδι χωρίς γυρισμό... αυτοκαταστρεπτικό, θλιβερό... ανεξήγητο... ΓΙΑΤΙ???

Μας χτυπάνε εκεί που πονάει... αποχωριζόμαστε στα ξαφνικά άτομα ιδιαίτερα που στάθηκαν πολλές φορές με τη ζωή και το έργο τους τόσο κοντά στη δική μας απόγνωση που ειλικρινά και πολλές φορές τους αισθανθήκαμε ως μέλη της εγκεφαλικά επιλεγμένης οικογένειάς μας... Πατέρες και αδέλφια μας... φίλοι και συγγενείς μας... Κι ας έζησαν αρκετά χρόνια πριν από εμάς... σε μια τελείως απομακρυσμένη μεριά του πλανήτη μας... κι ας μην τους είδαμε ποτέ ή να είχαμε την ευκαιρία να συναναστραφούμε μαζί τους...

Ναι, ο θάνατος μπορεί να είναι κοινός για όλους... το έργο της ζωής και η στάμπα η προσωπική που αφήνει ο καθένας όμως είναι που διαφέρει... Κάνει τη διαφορά... και είτε βοηθάει μια εξαιρετικά μοναδική προσωπικότητα τον καιρό της... είτε τον καταστρέφει... πηγαίνοντας τον πολύ πίσω... προκαλώντας τον αβάστακτο πόνο... εκατομμυρίων ψυχών γύρω της...

Και εγώ τι να πω... Τα συγκεκριμένα παραδείγματα είναι σε θέση ο καθένας παρατηρητής των καιρών μας να τα αναδείξει... Αρκεί να έχει μέσα του την τόλμη να τα παραδεχτεί πρώτα... να μη τους γυρνά την πλάτη... Να μη γυρνάει κανείς ποτέ την πλάτη σε ένα έργο σαν το δικό τους... να μη δειλιάζει να εφαρμόζει καθημερινά και έμπρακτα στη ζωή του τα διδάγματά τους.. να μην αμφιβάλει ούτε στιγμή για την αλήθεια και την ειλικρίνειά τους... να μη φοβηθεί, όλο αυτό το έργο και η μαρτυρία ζωής να τον καθοδηγήσει...

Να τον καθοδηγήσει... και να τον φτάσει που? Μα απλά και μόνο ένα βήμα λίγο πιο κοντά μας... Κοντά σε όλους εμάς που τον χρειαζόμαστε, όσο ίσως να μας χρειάζεται και εκείνος... για να καλύψει ο ένας προς τον άλλο αυτό το εφιαλτικό κενό που μπορεί ανά πάσα στιγμή να νιώσουμε να μας καταπνίγει, θεωρώντας ανούσια και μάταια τα συναισθήματά μας... μέσα στο γενικευμένο σύνολο βέβαια πάντα που ποτέ δε θα δεχότανε να μας αφήσει έστω και λίγο πραγματικά να εκφραστούμε με όλη την οργή της ειλικρίνειας μας... Και όμως... Ακόμα και εσύ... Γιατί...? Ενώ θα μπορούσες να ξέρεις και να το νιώσεις τόσο πολύ πως εγώ, εμείς... ο καιρός σου, σε χρειάζεται... γιατί φαίνεσαι να μας γυρνάς την πλάτη προτιμώντας και απελπισμένα επιλέγοντας να προκαλέσεις λίγο παραπάνω ξανά αυτή την φορά την... αυτοκαταστροφή σου...?

Τόσο δύσκολο σου είναι να δεις πως ο προορισμός σου θα έπρεπε να είναι διαφορετικός...? Τόσο δύσκολο σου είναι να δεις και να διακρίνεις πως κάποιοι γύρω σου μπορεί και να σε χρειάζονται? Προτιμάς την αυτοκαταστροφή? Μας έχεις δηλαδή όλους μας γραμμένους...? Ηττήθηκες καριόλη...? Έπεσες και εσύ με τη σειρά σου θύμα...? Μας αφήνεις και μας παρατάς να την παλεύουμε μόνοι μας χωρίς τη δική σου φωνή και τη δική σου μοναδική ενέργεια... Μας πουλάς με τον τρόπο σου αυτό, το αντιλαμβάνεσαι? Μας πληγώνεις όσο δεν φαντάζεσαι... το ξέρεις? Το νιώθεις? Τα δάκρυά μου τα διακρίνεις να κυλούν απαρηγόρητα στο πρόσωπό μου..?

Ένας λιγότερος... ένας δικός μας λιγότερος... ένας αληθινός warrior ακόμα εκτός μάχης... Και μαζί του να λιγοστεύουν και οι άμυνες μας οι ίδιες... και η ψυχή μας η ίδια... μετά από ένα τέτοιο χαμό... πώς να καταφέρουμε να βρούμε την απαραίτητη δύναμη ώστε να οργανώσουμε επίθεση...? Αντεπίθεση... σκληρή αντίδραση? Προδότη! Δειλέ! Υποκριτή! Σε κατακρίνω! Σε βρίζω! Σε μισώ! Σε ισοπεδώνω! Σε βγάζω από τον δικό μας κύκλο! Παίρνεις τον πούλο και μένεις απ' έξω! Ποτέ πια ένα με εμάς δεν θα ξαναγίνεις!

Γιατί χρειαζόμαστε δύναμη... και όχι ηττοπάθεια! Ζωντανά παραδείγματα! Όχι ψόφια κορμιά, κυριευμένα και στοιχειωμένα από ξεθωριασμένες ψυχωτικές παράνοιες και φτηνές δικαιολογίες για μια εύκολη μαστούρα!!!

Και τελικά κατάφερα να μιλήσω με πολύ σκληρά λόγια... εκεί που φάνηκε πως θα μπορούσανε να με πιάνανε τα κλάματα!!! Μα δε θα χύσω δάκρυ για σένα πια! Ένα κρίμα για σένα ούτε καν μου περισσεύει! Κάποτε έδειχνες να έχεις όλη τη δύναμη! Τώρα πια μόνο αηδία θα μπορούσες να μου προκαλέσεις! Γιατί ναι ρε! Και εμείς σε πολύ βαριά λούκια έχουμε πέσει και έχουμε ξαναπέσει!!! Και ξανά και πάλι πέσει!!!

Ποτέ όμως δεν ξεπουλήσαμε τον εαυτό μας και όλα τα πιο δυνατά πιστεύω μας στο έλεος και στο βωμό μιας βρόμικης ήττας που στεκότανε οργισμένη σαν την πιο μεγάλη απειλή τόσο καιρό μπροστά μας!!! Τώρα... όσο εσύ θα αργοπεθαίνεις, εμείς θα προβληματιζόμαστε... και όσο θα προβληματίζουμε τη σκέψη μας, όλο και πιο βαθιά θα μπορούμε να δούμε και πραγματικά να στοχαστούμε γύρω από όλα τα αίτια και τις εύκολες σου αφορμές...!!!

Προτιμάμε τους εχθρούς μας τους ίδιους από το ξεφτιλισμένο το τομάρι σου!

Άι σιχτίρ αλήθεια! Και με αυτά τα τελευταία χοντρά, πολύ χοντρά λόγια θα κλείσω και αυτή την έξαψη της σκέψης μου, αδυνατώντας έλεος να δείξω για τη δική σου κατάντια και ξεφτίλα... όσο και αν σε είχα αγαπήσει κάποτε για το ελεύθερο και καλά πνεύμα σου που δες τώρα που το άφησες να σε οδηγήσει...

DEAD END! FOR YOU! NOT FOR ME! SEE YOU OUT THERE!

ΑΝΗΘΙΚΑ ΠΑΙΧΝΙΔΙΑ ΧΕΙΡΑΓΩΓΗΣΗΣ

Ήταν πέντε το πρωί και ήταν άλλο ένα πρωινό που με ξύπνησε το βιολογικό ρολόι του οργανισμού μου και με έκανε να πεταχτώ από το κρεβάτι η αγανάκτηση της συνείδησης μου... θυμωμένη, οργισμένη... υπερβολικά φορτισμένη από την τσατίλα της αδικίας που με επισκίαζε ολόκληρο τον τελευταίο καιρό...

Για άλλη μια φορά έχανα τον ύπνο μου! Για άλλη μια φορά έχανα τον ύπνο μου εξαιτίας κάποιον άλλων και όχι επειδή δεν τα είχα εγώ η ίδια καλά με τον εαυτό μου!

Γύρισα και κοίταξα δίπλα μου τον Μογο να κοιμάται ήσυχος και ανακουφισμένος... γιατί εκείνος την προηγούμενη είχε καταφέρει να απαλύνει και να σώσει μια ψυχή, ενώ εγώ την ίδια στιγμή είχα διαφορετική αποστολή... ακόμα πιο δύσκολη, περίπλοκη και προφανώς εμπλεγμένη σε ανήθικα συμφέροντα... δολοπλοκίες και εκδικητικές τάσεις, επικίνδυνες και παντοδύναμες, καθοδηγημένες από υπόγειες συνωμοσίες και ταυτισμένες με ύπουλους ισχυρισμούς...

Παιχνίδι καλά οργανωμένο. Εξαιρετικά καλοστημένο και απόκρυφο. Δύσκολο να διαφανεί η αληθινή του διάσταση και ο πραγματικός, τελειωτικός του αηδιαστικός σκοπός!

Αλλά κάτι μου έλεγε μέσα μου από την αρχή κιόλας που μου παρουσιάστηκε αυτή η υπόθεση και μου ανατέθηκε η επίλυσή της πως θα κλιμακωνόντουσαν και θα διαπλέκονταν τα συμφέροντα, κάτι βρομούσε πως στην ουσία παίζονται ακόμα πιο πολλά από όσα φαινόντουσαν στην αρχή, σίγουρη πως θα υπήρχαν πολλά περισσότερα στοιχεία τα οποία μαρτυρούσαν τον τελικό σκοπό της όλης κατάστασης και συνολικής... διαφθοράς!!!

Με τον Μογο βέβαια, μήνες πριν, από όταν ξεκίνησαν όλα αυτά, είχαμε ήδη αρχίσει να τα συζητάμε και είχαμε πλέον περάσει ώρες και μέρες ολόκληρες αναλύοντάς τα!

Με είχε βοηθήσει πολύ η εξωτερική επαφή που είχε εκείνος με την υπόθεση και η ανεπηρέαστη κρίση του απάνω στο θέμα, γιατί δυστυχώς εγώ η ίδια ήμουνα στην εξαιρετικά δύσκολη θέση να έχω άμεση σχέση και συναισθηματική ανάμιξη σε όλα αυτά. Οπότε ήταν σαφώς δικαιολογημένη η ανησυχία μου, καθώς και η απώλεια του ύπνου μου εφόσον τα πάντα στριφογύριζαν στο μυαλό μου διαρκώς, αποφασισμένη καθώς ήμουνα να το πολεμήσω μέχρι τέλους και να το υπερνικήσω αποκαλύπτοντας το όλο... διαβολικό σχέδιο...

Αυτό δεν ήταν απλώς... "mind control" γιατί στην ουσία, στο σημείο που είχε φτάσει το μορφωτικό επίπεδο του εγκεφαλικού μου στόχου, δεν μπορούσε πλέον κανένας να με χτυπήσει από εκείνη την πλευρά! Το μικροτσίπ του δικού μου στο παρελθόν χειραγωγημένου και ευκολοπροσβάσιμου εγκεφάλου, το είχα από μόνη μου εντοπίσει και είχα καταφέρει να το ΚΑΨΩ, απελευθερώνοντας για πάντα το ΝΟΥ ΜΟΥ από μια υποψήφια μελλοντική επίθεση που θα του κάνανε οι άλλοι βγάζοντας με τρελή και παρανοϊκή ανά πάσα στιγμή που παρακολουθώντας την σκέψη μου την κρίνανε οι ίδιοι ΕΠΙΚΙΝΔΥΝΗ...

Αυτό το συγκεκριμένο περιστατικό ήταν ακόμα πιο δύσκολο γιατί είχε να κάνει και στηριζόταν ολόκληρο στο λεγόμενο... "emotional control" κάτι πολύ πιο ύπουλο και σκοτεινό, γιατί το να... κάψεις την ΨΥΧΗ σου την ίδια ώστε να μπορέσεις να απαλλαγείς από τον έλεγχό τους είναι ένα ακόμα πιο βρόμικο παιχνίδι. Μια ακόμα πιο δύσκολη απόφαση για μένα και ένα ακόμα μεγαλύτερο ρίσκο που καλούμενα να πάρω...

Το περίμενα όμως από τους αντιπάλους μου αυτό! Άκρως αναμενόμενο ως το επόμενό τους βήμα, αν κρίνω από τη σιχαμένη τους ύπαρξη και τον εξίσου σιχαμένο τρόπο σκέψης τους! Αφού καταλάβανε πως το μυαλό μου δεν θα κατάφερναν πλέον να το κατευθύνουν και να το αποπλανήσουν παίζοντας το δικό τους παιχνίδι, παρ' όλες τις απειλές πως αν δεν συμμορφωθώ θα με κλείνανε ξανά σε... ψυχιατρείο, το επόμενο γλοιώδες βήμα τους θα ήταν φυσικά να βρούνε άλλον τρόπο να με χτυπήσουν... εκεί που ακόμα περισσότερο μπορεί να πονέσει... εκεί που ποντάρανε πως αναγκαστικά θα έκανα πίσω... εκεί που ήτανε σίγουροι και πεπεισμένοι πως δεν θα άντεχα στην κόντρα και θα λύγιζα στα γόνατα... θα έσπαγα και θα παρέμενα οριστικά πλέον... παράλυτη!!! Συναισθηματικά... παράλυτη... Αυτή τη φορά ποντάρανε στο... συναίσθημα!!! Μπορούσα πλέον να είμαι ΣΙΓΟΥΡΗ για αυτό!!!

Δεν είχανε όμως υπολογίσει σε κάτι...!!! Σε μια μικρή λεπτομέρεια η οποία τους διέφευγε γιατί ακριβώς δεν ήταν σε θέση να γνωρίζουν την τεράστια συναισθηματική αξία και φροντίδα... υποστήριξη και ασπίδα που μου προσέφερε κάποιος... άλλος που τώρα έπαιζε καθοριστικό ρόλο στη ζωή και στην εξέλιξή μου!!!

Και εκείνος ήταν ο... Μογο φυσικά!!!!!!

Ο οποίος... χωρίς να θέλει άμεσα να ανακατευτεί σε μια δική μου αποκλειστικά υπόθεση, με βάση τους πραγματικά ηθικούς, δικούς του κανόνες, είχε φροντίσει να έρθει σε επαφή και να μου διασφαλίσει ΟΛΟΥΣ τους απαραίτητους και ισχυρούς συμμάχους που θα μπορούσανε να με βοηθήσουν και να μου παρέχουν όλα τα κατάλληλα μέσα, ώστε να μπορέσω να φτάσω μέχρι την τελική σύγκρουση και να βγω νικητής αυτή τη φορά... να μπορέσω επιτέλους να ξανακοιμηθώ ήσυχη και ήρεμη μέσα στην αγκαλιά του, χωρίς να πετάγομαι από τον ύπνο μου γιατί τους έβλεπα για άλλη μια φορά να με ρίχνουν κάτω και να μου προκαλούν ΤΟΣΟ κακό και... πόνο...

Ψέματα! Παραπλανητικά ψέματα... Ψέματα! Συγκαλυμμένα ψέματα... Και για μένα, ο ρόλος που μου είχε υποτίθεται δοθεί ήταν... το πιόνι φυσικά! Ακριβώς όπως σε θέλει η κοινωνία, ακριβώς έτσι θα σε ήθελε και η ίδια η οικογένειά σου! Το πιόνι το πιονάκι τους!!! Ότι πούνε αυτοί και πάντα με βάση τους κανόνες και τους κανονισμούς που εκείνοι φυσικά για σένα θα ορίζουν!!! Γιατί? Και η οικογένεια μέλος αναπόσπαστο ολόκληρου του κοινωνικού δαίμονα δεν είναι? Το πρώτο κοινωνικό σύνολο και στημένο στα μέτρα σου σύστημα δεν είναι? Που μετά ακολουθεί το... σχολείο και μετά το πανεπιστήμιο και στο τέλος, σαν να μην έφταναν πια όλοι αυτοί οι κανονισμοί, οι νόμοι και οι περιορισμένες επιλογές ατομικής και αυτόνομης οντότητας, σαν το κερασάκι στην τούρτα των γενεθλίων της ζωής σου... έρχεται η... μεγάλη κοινωνία!!!! Με την τεράστια της πρόνοια!!! Που θέλει πάντα το καλό σου και το καλό σου και ξανά και μόνο το καλό σου... μόνο και μόνο για να δει... ΜΕΧΡΙ ΠΟΥ ΘΑ ΑΝΤΕΞΕΙ ΕΠΙΤΕΛΟΥΣ ΤΟ ΜΥΑΛΟ ΣΟΥ!!!

Για να μην αναφέρω και τη θητεία στο στρατό! Για να μην αναφέρω και την αναμφισβήτητα πολεμοχαρή φύση της ολότελα! Από την αρχή μέχρι το τέλος της τάση και μανία να σε πολιορκεί! Με μοναδικό της σκοπό βέβαια να σε υποτάσσει και να σε υποδουλώνει στο τέλος βγαίνοντας πάντοτε εκείνη νικήτρια!!!

Η κοινωνία... γιατί να μη τη λέγαμε... επικοινωνία καλύτερα την κοινωνία μας? Μα γιατί ουσιαστική επικοινωνία στην κοινωνία μέσα δεν υπάρχει! Ούτε επιτρέπεται να υπάρξει ποτέ!!! Κάτι τέτοιο είναι αδιανόητο!!! Θα έθετε σε κίνδυνο όλη τη νομοθεσία και του θεσμούς της!!! Θα έσπαγε στο σύστημα! Θα καιγόταν ο κεντρικός υπολογιστής της βάσης δεδομένων και το κέντρο παρακολούθησης με σκοπό την υπακοή, καλοφτιαγμένο και ευφυέστατο ανύπαρκτο νόημά της... νόημα της υποτιθέμενης ζωής και ύπαρξής μας... νόημα και συνέχιση του ανθρώπινου είδους μας...

Το ΠΟΥ είναι το νόημα σε όλα αυτά??? ΑΥΤΟ είναι το νόημα της!!! Να ψάχνεις και να μην το βρίσκεις! Να αναρωτιέσαι αιωνίως για κάτι που δεν υπάρχει περίπτωση να βρεις... Το χαμένο νόημα των καιρών... Η χαμένη ελπίδα της ελευθερίας... Η χαμένη μας ζωή για το... ΤΙΠΟΤΑ...

Να τα χέσω όλα αυτά..!!!

Εγώ μια ευκαιρία που την έχω θα τη χρησιμοποιήσω και θα το θεωρήσω καθήκον και δικαίωμά μου να τα πω!!! Όπως εγώ θέλω! Όπως εγώ μονάχα θα τολμούσα...

Αν σβήσω παρέα με τους καιρούς μας δεν θα με ενδιαφέρει... θέλω μονάχα να ακουστώ... κι ας μείνουνε σαν ψίθυρος απάνω στα έρημα βράχια της μοναχικής μου θάλασσας όλα αυτά που έχω για να πω πριν φύγω... αυτό και μόνο ίσως να μου φτάνει... αρκεί να έχουν απάνω τους λιγάκι αληθινή αλμύρα και να τσούζει το δικό μου δάκρυ την ώρα που θα φεύγω προς το δικό μου άστρο!!!

Πάνω που τα έλεγα όλα αυτά... ξύπνησε ο Μογο από το όνειρό του και ήρθε με μισόκλειστα ακόμα μάτια να βρει πού είμαι και αν είμαι καλά... Το κάνει συχνά αυτό... Αντιλαμβάνεται ακόμα και την ώρα που κοιμάται τη δική μου ανησυχία και απόγνωση και έρχεται κοντά μου πάντα... χωρίς να είναι ανάγκη να μου πει τίποτα για να με καθησυχάσει, απλά μου δίνει ένα φιλί και μια δυνατή αγκαλιά, και ύστερα με αφήνει να συνεχίσω τον ειρμό στις σκέψεις μου, με τη σιγουριά πως σκέφτομαι ΣΩΣΤΑ, έχοντας όμως απαλύνει τη συναισθηματική μου φόρτιση και παραχωρώντας μου το σημαντικό και σπάνιο προνόμιο που θα μπορούσε να έχει ένας σύγχρονος της εποχής μας άνθρωπος να νιώθει πως έχει και... κάποιον άλλο πραγματικά κοντά του!!!

Το χρειαζόμουν! ΤΟΝ χρειαζόμουν... γιατί η μέρα είχε αρχίσει να φωτίζει και η ώρα για την εκκίνηση των δικών μου ενεργειών ώστε να καταπολεμήσω και να σπάσω τους σημερινούς κωδικούς του συστήματος της δύσκολης αποστολής μου είχε πλέον πλησιάσει...

Έθεσα σε λειτουργία μια διαδικασία αναζήτησης... Αρχική λίστα προσώπων που θα αποτελούσαν σημαντικούς σταθμούς πληροφόρησης γύρω από μερικά από τα θέματα που αφορούσαν την υπόθεση... Χαμογέλασα όταν συνειδητοποίησα πως η λίστα μου ήταν παραπάνω από επαρκής... Αξιόλογη επίσης! Επειδή τα ίδια τα άτομα που την αποτελούσαν ήτανε για μένα... αξιόλογα!!!

Μια καλή αρχή! Σκέφτηκα, ευγνώμων για τη διαίσθηση που είχα πριν από αρκετό καιρό και την οποία εμπιστεύτηκα απόλυτα ώστε να την ακολουθήσω και να την αφήσω να με οδηγήσει στη γνωριμία μου με τα κατάλληλα πρόσωπα που θα έπαιζαν καθοριστικό ρόλο στη συνέχιση του αγώνα μου για... ΔΙΚΑΙΩΣΗ!!!

Στη συνέχεια, το μόνο που μου έμενε να κάνω ήταν λίγη υπομονή... με το ενδοδίκτυο σε τρεχούμενη επικοινωνία, μέχρι την κατάλληλη στιγμή που θα μου δινόταν το ΟΚ από τη δική μας βάση για να ανοίξω την πρόσβαση προς το εξωτερικό δίκτυο, εκτεθειμένης επικοινωνίας, με όλους τους υπόλοιπους όμως να παρακολουθούν μυστικά τη συνδιάλεξή μου με τον εξωτερικό πράκτορα καθώς επίσης θα καταγράφανε και τις αναλυτικές αντιδράσεις του προσπαθώντας να βρούνε την ακριβή συνεπαγωγή και να προβλέψουν τις πιθανότητες των αμέσως ακόλουθων πράξεών του... Χρονική μονάδα αναμονής μου δόθηκε η μια ώρα, μέχρι τη στιγμή δηλαδή που το πρωινό σύστημα θα ξεκινούσε να τρέχει στους ρυθμούς της καθημερινότητας και θα ήταν ήδη υπερφορτωμένο από τις πρώτες υπηρεσιακές ώρες της επαγγελματικής υποδούλωσης του απώτερου σκοπού του... ΧΡΗΜΑΤΟΣ!!!

Ο Μογο ήξερε να κινείται ευέλικτα μέσα σε αυτό!!! Στην ουσία ήτανε μια από τις ειδικότητές του!!! Προσφέροντας σε εμένα το ισχυρότερο άλλοθι ώστε να έχω την κάθε ελευθερία να εργάζομαι υπογείως, παραμένοντας οχυρωμένη στη βάση, ασχολούμενη υποτίθεται με τις... δουλειές του σπιτιού...!!!! Κάθε άλλο παρά ξεσκόνισμα και σφουγγάρισμα ήτανε... κινούμενη μέσα στο χαοτικό μας ενδοδίκτυο, με ένα ποτό πάντα μπροστά μου και ένα αναμμένο τσιγάρο στο χέρι... η δική μου έκδοση της... βραδινής εξόδου και ο δικός μου... τρόπος διασκέδασης!!! Θέτοντας παράλληλα ολόκληρο το σχέδιο δράσης σε... περιθωριακή εκκίνηση!!!

Και πραγματικά το απολάμβανα εκείνη τη στιγμή!!! Καθώς ταξίδευα στις εκτροχιασμένες σκέψεις μου με την ικανότητα να μη με παίρνει... κανείς τους χαμπάρι, ώστε να αποτελέσω επικείμενο στόχο...Είναι τόσο όμορφο να κινείσαι μυστικά!!! Να μη νιώθεις εκτεθειμένος στο ηλίθιο βλέμμα τους που επικεντρώνεται πάνω σου με μοναδικό του στόχο να σου κλέψει την πολύτιμη ενέργειά σου και να αντλήσει έστω και λίγο, ένα μικρό έστω κομμάτι από τον κυτταρικό σου ιστό που σε χρήζει άξιο και ικανό να μεταφέρεις εγκεφαλικά κλειδωμένο μέσα σου τον απίστευτο βαθμό ευφυίας του I.Q. σου!!!!

Και τη συγκεκριμένη ειδικά ημέρα... είχα απίστευτη όρεξη για... δουλειά... δηλαδή για... παιχνίδι μαζί τους!!!

ΤΑ ΣΧΙΖΟΦΡΕΝΙΚΑ ΑΠΡΟΟΠΤΑ

- Συνεχίζω... Χωρίς να περιμένω τίποτα από κανένα... απλά βιώνω τα πάντα που έρχονται, τα... μη αναμενόμενα, χωρίς να τη φοβάμαι τη μαγεία ή την απρόοπτη διαπλοκή της κάθε στιγμής μου...

- Είναι, το ξέρω, μερικοί... ή μάλλον οι περισσότεροι, έτσι είναι, που θα θέλανε και για πάντα προσπαθούν ώστε να τα έχουνε όλα συνεχώς υπό τον δικό τους έλεγχο... Προμελετημένα, προσχεδιασμένα και υπολογίσιμα τα πάντα... Μέχρι που τους παίρνει και μέχρι που ξέρουνε ότι μπορούνε να ποντάρουν... χωρίς να διακινδυνέψουν ποτέ, μα ποτέ μια πτώση στο κενό... Μια μη προβλέψιμη πραγματικότητα... που ξεπήδησε μέσα από την παρορμητικότητα της στιγμής... το ξεχείλισμα των πιο ατίθασων συναισθημάτων...

- Τι ακριβώς να σημαίνει το... ΔΕ ΜΕΤΑΝΙΩΝΩ ΓΙΑ ΤΙΠΟΤΑ...???

- Νιώθω πως θέλει να πει πως αληθινά γουστάρω τη ζωή... Είμαι τρελαμένος και καψούρης μαζί της γιατί, ακριβώς αυτό! Με την εκτροχιασμένη της συνωμοσία και την αχαλίνωτη της ειλικρίνεια, ξέρει να μη με κάνει ποτέ να την βαριέμαι... Με φτάνει στα άκρα μου... μου χαρίζει τις μεγαλύτερες συγκινήσεις... με κάνει πάντα να αισθάνομαι τόσο... ΖΩΝΤΑΝΟΣ!!!

- Εδώ λοιπόν ένα σχιζοφρενικά απρόοπτο ποίημα.. ανεξέλεγκτο...!!! Το αφιερώνω ολόκληρο σε εσένα και μόνο μωρό μου... και σε ευχαριστώ που υπάρχεις αυτή τη στιγμή εδώ δίπλα μου.. μονάχα για μένα... ψιθύρισα στον Μογο καθώς ξεκίνησα στη συνέχεια να αυτοσχεδιάζω... απαγγέλοντας στίχους που εκεί επιτόπου σχηματίζονταν στο μυαλό μου... χωρίς καν να μπορώ να προσδιορίσω την ακριβή προέλευσή τους...

Που να βρισκόμουνα εγώ, ενώ τα πάντα γύρω μου προχωρούσαν... ?

Αυξάνονταν τα νούμερα της χιλιετίας μας... και εγώ μεγάλωνα μαζί τους...

Χωρίς να το καταλαβαίνω, χωρίς να το διαισθάνομαι..

Είναι τόσο σκοτεινός ο δικός μου ο κόσμος ώστε κατάφερε για τα καλά να με κρύψει για τόσο καιρό μέσα του...?

Γιατί όλοι προχωρούν και αλλάζουν... και εγώ έχω μείνει εδώ.. και εξακολουθώ.. να πιστεύω σε όλα αυτά τα οποία από πάντα πίστευα...?

Νιώθω να κάνω κάτι κακό... Ενώ στην ουσία δεν κάνω τίποτα και δεν πειράζω κανένα...

Απλά δεν μπορώ να τους ακολουθήσω... να τους παρακολουθήσω... να εξακολουθήσω να τους αναγνωρίζω, από τη στιγμή που όλοι γύρω μου μεταλλάσονται...

Παραμένω αυθεντική!!!

Παραμένω εδώ! Μέσα στη ναρκώδη πλάνη μου...

Εγώ δεν είμαι ικανή να μεγαλώσω..

Και όμως... ρυτίδες έχουνε ήδη σχηματιστεί στο μέτωπό μου...

Ταλαιπωρίες εμφανείς που έχουνε κάνει αισθητά την παρουσία τους πάνω μου...

Χωρίς εγώ να μεγαλώνω... χωρίς εγώ να αλλάζω και ποτέ να μετανοώ... για όλα αυτά που έχω μέχρι τώρα ζήσει...!!!!

Σε γνωρίζω τόσα χρόνια... δεκαετία ολόκληρη που πέφτει στο κενό... στο κενό του χρόνου του ίδιου... που για εμένα ποτέ δεν κύλησε! Γιατί δεν τον άφησα εγώ να κυλήσει... Γιατί τα ίδια που ένιωθα τότε για σένα τα νιώθω και τώρα!!!

Οτιδήποτε ήσουνα τότε για μένα, είσαι και τώρα...!!!

Όσο και αν σε τρομάζει αυτό.. επειδή νόμιζες πως κάποτε με πλήγωσες, με έσκισες και μετά με είδες να... πεθαίνω...

Εγώ δεν είμαι έτσι... δεν είμαι σαν όλους αυτούς!

Που ξεχνάνε... και μετανιώνουν!

Παραμένω εδώ! Δίπλα σου και στο πλευρό σου... Αμετανόητη που κάποτε...

ΣΕ ΑΓΑΠΗΣΑ, όπως σε αγαπώ και... ΤΩΡΑ!!!

Αμετανόητη που κάποτε έζησα και ένιωσα... όπως μπορώ να νιώθω και να ζω και τώρα...

Παράσημο με τεράστια καρφιά μου περάσανε στο χέρι!!!

Ανατρεπτική προς όλο τον κόσμο συνέχιση της αληθινής συμπεριφοράς...

Μερικές φορές, πραγματικά το νιώθω πως με έχουνε βγάλει στην πρώτη γραμμή...

Πως περιμένουνε από το ΤΙΠΟΤΑ εμένα να τους δείξω το δρόμο... τον ίδιο τον τρόπο σκέψης ώστε να μπορέσουν και να καταφέρουν να παραμείνουν... ΑΛΗΘΙΝΟΙ!!!!

Ενώ στην ουσία δεν είναι ή δεν θα έπρεπε ποτέ να είναι και για κανένα μας που αληθινά το θέλει και το επιδιώκει, ποτέ τόσο... γαμημένα δύσκολο...

Αλλά ποιος είναι σε θέση και έχει πραγματικά τα... κότσια ώστε να παραμείνει...

ΕΙΛΙΚΡΙΝΗΣ?????

- Σταματάω εγώ η ίδια αυτό το... ποίημα και καλά... γιατί δεν είναι πλέον... ποίημα...

Η παρανοϊκή η μαλακία του εγκεφάλου μου του ίδιου και μόνο είναι...

Και δεν θα ήθελα ποτέ και για κανένα λόγο να χρεώσω κανένα για αυτή...

Ο μοναδικός υπαίτιος... και ο μοναδικός υπεύθυνος και ένοχος της παράνοιας μου είμαι και παραμένω για πάντα εγώ η ίδια...

Δεν θέλω κανένα να προβληματίσω με τα δικά μου σκεπτικά... δεν θα ήθελα να βρεθεί ποτέ κανείς άλλος μέσα στα δικά μου γεγονότα...

Γιατί δεν ήτανε και δεν εξακολουθούν να είναι καθόλου... ευχάριστα...

Έχω φτάσει στο σημείο να προσπαθώ να βγάλω κάποιο νόημα μέσα από το κείμενό μου το ίδιο... Φαντάσου πόσο πολύ δεν είναι για να τα ακολουθείς και να τα παρακολουθείς όλα αυτά που σου λέω αυτή τη στιγμή... ή που θα προσπαθούσα ποτέ να σου πω... Αλλά με δικαιολογεί ο τίτλος... έτσι δεν είναι???

Για θυμήσου τι ήταν αυτό που ξεκίνησες να διαβάζεις και τι είδους επικεφαλίδα είχε για σήμερα...???

Απρόοπτα... Σχιζοφρενικά μάλιστα!!!!

- Οπότε τι να σε κατακρίνω που δεν μπορώ να βγάλω άκρη από τις κουβέντες σου???

Πάρε άλλο ένα ποίημα, σχιζοφρενικό, αν επιμένεις να συνεχίζεις να δημιουργείς, να εκφράζεσαι και να υποτροπιάζεις μαζί μου επειδή έφτασες ήδη στο σημείο το δικό μου... τίποτα να μην βγάζει πλέον λογική!!!!

Αναρχία μεθυσμένη σε κάθε του ονείρου μου σκέψη...
δε θα μπορέσει πια κανείς να μου την καταστρέψει...
Εκδίκηση κρυμμένη μέσα σε θολές σελίδες
σκορπισμένες μου ελπίδες- δυνατές σαν καταιγίδες
Άγγιγμα μου αληθινό- ομορφαίνεις τις στιγμές μου
απλόχερα χαρίζεις τις πιο δειλές αναπνοές μου
Χέρια μου βρόμικα, λεπτά, ξανοίγετε τη σκέψη
δε μου το έχετε επιτρέψει να σας κρύψω καμία λέξη...
Υπερβολή μου και ένταση περίσσεια της ημέρας
μου θυμίζετε βραδιές που φύσαγε στα κύματα ο αγέρας..
Ταξίδια μακρινά- εικόνες που έχω άθελα παρατηρήσει
με κάνουνε να μην ξεχνώ- όσα έχω λησμονήσει...
Καρδιά μου αδιάκοπη μέχρι τώρα και ζωή μου
κόπος μου και μαρτύριο- χείλια μου και κορμί μου
λευκό μέσα σε φόντο γκρίζο ολόκληρου του κόσμου
αναζητώ τη μυρωδιά βασιλικού και δυόσμου

Εποχή αισιοδοξίας- ξεγνοιασιάς... παραμυθένια νιάτα
ψηλά κατάρτια- κυπαρίσσια και θάλασσα γαλάζια
Τώρα ανηφόρα- κατηφόρα... πολλά τα σκαλοπάτια
βήματα μπρος, βήματα πίσω, κρυμμένα μονοπάτια
Ρυθμός και μουσική... παρασέρνεις την ψυχή μου
άλογα που καλπάζουν πάνω στην υπόσχεσή μου
Αγαπημένοι μου χρωματισμοί της μέρας και της νύχτας
αναπολώ διέξοδο απ' τα στεγνά φιλιά τη δίψας

Μοιράζομαι στα σύννεφα που προσπερνούν και φεύγουν

τα σύνορα μικραίνουν και τα σκυλιά αγριεύουν

Σύρματα ρεύματος και οι ράγες του σταθμού

σε οδηγούνε μακριά τα σινιάλα του καπνού

Έλειψα για μια στιγμή και σκοτείνιασε μέχρι να' ρθω...

Σταματώ λοιπόν εδώ!!!!

Δώσε μου νόημα για να πετάξω!!!!

-Το... έβγαλες ολόκληρο τώρα και αυτήν ακριβώς τη στιγμή όλο αυτό το... ποίημα...?

-Ναι... Γιατί? Παράξενο σου φάνηκε? Εσύ η ίδια ξέρεις τι συνειρμούς μου έθεσες σε λειτουργία και μόνο με το πιο αγανακτισμένο σου ξέσπασμα, λίγο πιο νωρίς απόψε το βράδυ...? Γιατί νομίζεις πως ήρθα να σε βρω, σε εντόπισα και στη συνέχεια ασχολήθηκα σε τέτοιο βαθμό μαζί σου? Τυχαία??? Το ήξερες πως από καιρό τώρα έψαχνα από μόνος μου ακριβώς αυτό το οποίο ΕΣΥ ΕΙΣΑΙ...????

-Δηλαδή...? Τι είμαι επιτέλους...? Τι να είναι που να με κάνει ή από πάντα να με έκανε τόσο ξεχωριστή?

-Το έψαξες ΜΟΝΗ ΣΟΥ μικρή μέχρι τώρα... αυτό είναι το θέμα, αυτός είναι ο λόγος... κατάφερες να το νιώσεις, να το διαισθανθείς και να το αποκαλύψεις... να ενταχθείς στη συνέχεια, αφού βέβαια είχες καταλάβει τη φρικτή του φύση... εναντίον του... χωρίς μάλιστα να είχες τότε κανέναν από όλους εμάς σύμμαχο στο πλευρό σου... και εκεί ασφαλώς ήταν που φάνηκες ιδιαίτερα γενναία... τους εντυπωσίασες όλους με την αποφασιστικότητά σου... και με έκανες και εμένα τον ίδιο να σε ξεχωρίσω και να σε βρω για να σε πλησιάσω όσο πιο πολύ γινότανε, ώστε να σε βοηθήσω να βρεις, όλο το απαραίτητο κουράγιο, όλη την αναγκαία στήριξη...

-Για να... βγω μπροστά στον ΑΓΩΝΑ χωρίς να δειλιάσω ή να τραπώ σε φυγή με όλη την υποστήριξή σας από πίσω μου... έτσι δεν είναι...?

- Όχι! Δεν είναι έτσι!!! Και δεν είναι έτσι γιατί μπροστά από όλους τους υπόλοιπους είμαι... ΕΓΩ!!! Και δεν θα άφηνα ποτέ κανένα να ρισκάρει στο σημείο και τον βαθμό που εγώ το κάνω... όμως ο λόγος που έχω διαλέξει ΕΣΕΝΑ για να βρίσκεσαι συνεχώς τόσο στενά στο πλάι μου είναι ότι... ΣΕ ΕΜΠΙΣΤΕΥΟΜΑΙ!!!! Και με το πνεύμα σου μου έχεις ήδη αποδείξει πως ΠΡΟΔΟΣΙΑ από την πλευρά σου την ίδια τουλάχιστον δεν πρόκειται ΠΟΤΕ να υπάρξει!!! Και ξέρεις... αυτό ακριβώς είναι μια από τις ΠΟΛΥ βασικές προϋποθέσεις ώστε να φτάσει στο σημείο ένας... hacker του είδους μου να υπολογίζει πραγματικά και να εμπιστεύεται συναισθηματικά κάποιον άλλο... Για σκέψου λίγο... Ένα... σχιζοφρενικό απρόοπτο δεν ήταν και ολόκληρο το σενάριο της ίδιας της συνάντησης μας? Το περίμενες ποτέ εκείνο το βράδυ πως θα ερχόμουν πραγματικά σε επικοινωνία μαζί σου? Η μανιώδη πίστη και θέλησή σου με προκάλεσε... από τη στιγμή που το έκανα, βέβαια δεν έχω μετανιώσει στο παραμικρό, αυτή δεν ήτανε άλλωστε και η εκκίνηση της αποψινής μας κουβέντας...? Το... ΔΕΝ ΜΕΤΑΝΙΩΝΩ ΓΙΑ ΤΙΠΟΤΑ!!!!! Είσαι άξια και αντάξια κορίτσι μου! Πάρτο χαμπάρι... πως αλλιώς και διαφορετικά να σου το πω? Σταμάτα να αμφιβάλεις... Για την ικανότητά σου! Για τη μοναδική αξία σου να γνωρίζεις από... πρώτο χέρι όλη την αλήθεια! Ξέρεις... οι αμφιβολίες είναι αυτές που γεννούν τις ενοχές... και εμείς αυτές δεν τις θέλουμε! Και ούτε μας ταιριάζουν κιόλας!!! Σίγουρα ΕΣΥ θα ξέρεις... ΓΙΑΤΙ!!!!

-Γιατί αυτές είναι που έχουνε τη δύναμη να μας υποτάσσουν και μας στερούν τη μοναδικότητα της θαρραλέας συνείδησής μας, καθιστώντας μας απλούς συνεχιστές του ματαιόδοξου κόσμου μέσα στον οποίο γεννηθήκαμε...

-Ναι! Ακριβώς! Ενώ εμείς... γνωρίζουμε πια με την ακλόνητα επισφραγισμένη υπερ- διορατικότητα και υπερ-συνείδησή μας πως...

-ΔΙΑΦΕΡΟΥΜΕ ΑΠΟ ΟΛΟΥΣ ΑΥΤΟΥΣ...!!!!!!!!!!!!!!! Από τώρα και για πάντα!!!!!

ΣΤΗ ΧΩΡΑ
ΤΩΝ ΘΑΥΜΑΤΩΝ

Όταν οι χορεύτριες χάνονται στα σκοτεινά μπαρ της νύχτας και οι μεγαλύτεροι ποιητές ανοίγουν το στόμα τους ξεστομίζοντας βρομόλογα... όταν οι φωτογράφοι δεν βρίσκουν παρά μόνο βία, θλίψη και στεναχώρια για να φωτογραφίσουν και οι πιο όμορφες φωνές τραγουδούν πια χωρίς ψυχή... κάτι συμβαίνει στον καιρό μας που ονομάζεται παρακμή!

Κι αυτή η χώρα είναι γεμάτη ασφυκτικά με μεγάλα, όμως όλα ανεξαιρέτως χαμένα ταλέντα που δεν βρίσκουν οδηγό..

Οι πιο καλοί άνθρωποι χάνονται και κρύβουν το χαμόγελό τους...

Οι πιο μεγάλοι συγγραφείς αποκοιμήθηκαν πάλι μεθυσμένοι...

Στην επιφάνεια της τηλεόρασης δε βλέπεις ποτέ αληθινά ταλέντα!

Και εγώ έρχομαι πάλι να ρωτήσω...

Που πήγανε όλοι αυτοί??

Γιατί θέλουν να μας κρύβουν???

Να μας σωπαίνουν??

Γιατί μας κάνουν διαρκώς να πιστεύουμε πως τα πάντα είναι ανώφελα...?

Γιατί μας κάνανε να τα περάσουμε όλα αυτά με τον πιο

τρομακτικό τρόπο;

Μήπως εμείς κρύβουμε μια αλήθεια που δεν κάνει να ακουστεί;

Μήπως ξέρουμε κάτι παραπάνω από όλους αυτούς;

Περίσσιο είναι πια στις μέρες μας τόσο συναίσθημα;

Καθαρή επίγνωση της πραγματικότητας... τόσο πολύ που σε κάνει να τρομάζεις..

και να διστάζεις...

Ενώ ΔΕ θα έπρεπε να σταματήσει ΚΑΝΕΙΣ ΠΟΤΕ ΤΟΥ ΝΑ ΤΟΛΜΑ!

Στη χώρα των θαυμάτων λοιπόν, την εποχή των φαντασμάτων...

Ψάχνω να βρω το κουράγιο του αληθινού καλλιτέχνη...

Βάζω ένα κομμάτι και χορογραφώ...

Είναι το Air του Μπαχ...

Υπερσύγχρονη περιγραφή κινήσεων... Digital αποτύπωση καλλιτεχνικών σωματικών λειτουργιών, και το στέλνω στο διάστημα...

Το κάνω δώρο στο σύμπαν και το αφιερώνω στους αγγέλους!!!

Θλίψη από την τελευταία τραγωδία του εικοστού πρώτου αιώνα και δεν έχω λόγια άλλα να πω... Μίλησε το σώμα μου... για όλο αυτόν τον πόνο...

Το περίμενα ότι θα συμβεί... Ψιθυρίζω στον Μογο με λύπη...

Δυστυχώς δεν μπορούμε όλα να τα προλαβαίνουμε... μου απαντάει εκείνος...

Μετά κλείστηκε και αυτός στο studio, για όλη την υπόλοιπη νύχτα...

Βγήκε μετά από δύο ολόκληρες μέρες που δεν τον είχα δει καθόλου... Τον βρήκα κουρασμένο σε ένα μπαρ στην άκρη της θάλασσας... να πίνει ένα ποτό... Είχε μόλις τελειώσει έναν τεράστιο πίνακα ζωγραφικής... Η δική του αφιέρωση, μου είπε, για τη μνήμη των νεκρών...

Πρώτα είμαστε πολίτες του κόσμου και μετά οι ένοικοι του διαμερίσματός μας...

Μακάρι να τα βλέπανε για λίγο όλοι έτσι τα πράγματα... Όμως τους παρατηρώ... και τους αντιπαθώ μόνο που ξέρω, πως αν δεν συμβεί κάτι στους ίδιους, δεν νοιάζονται, δεν συγκινούνται... δεν τους περισσεύει αλήθεια κανένα συναίσθημα για την ολική καταστροφή που υπέστη μια απομακρυσμένη από αυτούς άκρη του δικού μας όμως πλανήτη...

Δεν πειράζει... δεν πειράζει... είμαστε εμείς εδώ και ΔΗΜΙΟΥΡΓΟΥΜΕ...

Είμαστε εμείς εδώ και... ΝΙΩΘΟΥΜΕ...

Είμαστε εμείς εδώ και... ΜΑΧΟΜΑΣΤΕ!!!!

Κι ας μην φαινόμαστε, κι ας μην ακουγόμαστε... κι ας τρώμε την απόρριψη κάθε μέρα από τους γύρω μας και τους υπόλοιπους ένοικους της πολυκατοικίας μας αλήθεια που ούτε καν μας κρατάνε ανοιχτή την πόρτα, κι ας μας βλέπουνε να ερχόμαστε από την γωνία φορτωμένοι με σακούλες και ψώνια από το supermarket, γιατί μαγειρεύουμε πάντα μόνοι μας, και μάλιστα όχι μόνο για εμάς, αλλά και για όλους τους υπόλοιπους που συμβιώνουν μαζί μας μέσα στην αποπλαισιομένη κατάληψή μας...

Τουλάχιστον εμείς μένουμε ενωμένοι.. μέσα στον χώρο μας μπορούμε να εκφραζόμαστε ελεύθερα... να ξεσπάμε... να κάνουμε έρωτα... βγάζουμε τα σπρέι και βάφουμε στους τοίχους, παίρνουμε μαρκαδόρους και γράφουμε συνθήματα... Φτιάχνουμε κόμικς, και κολλάζ... βάζουμε χρώματα στο γκρίζο φόντο της πόλης με φωτάκια που αναβοσβήνουν ζωηρά... ανταλλάζουμε γραπτά και κείμενα, στίχους και μουσική... ιδέες... διαλέγουμε ταινίες που εμείς μόνο εκτιμάμε και τις βλέπουμε ξανά και ξανά όλοι μαζί... Δεχόμαστε μέσα όλα τα αδέλφια μας, ανεξάρτητα από την εθνικότητα, την ηλικία ή την οικονομική τους κατάσταση εννοείται και συγκατοικούμε για καιρό και για μέρες... βιώνοντας ο ένας τον άλλο... συζητώντας και αναλύοντας γεγονότα και συμπτώσεις που μας κάνανε να βρεθούμε και να έρθουμε επιτέλους τόσο κοντά μεταξύ μας... και είναι πάντα τόσο μεγάλη η συγκίνηση όταν βρίσκεις και ανακαλύπτεις άλλον ένα χαμένο σου αδελφό...!!!! Κατευθείαν το καταλαβαίνεις! Αμέσως τον αντιλαμβάνεσαι... όπου και να τύχει να τον πετύχεις!!! Νιώθεις σαν να έπεσες συμπτωματικά επάνω σε κάτι δικό σου... το οποίο νόμιζες πως είχες χάσει... το οποίο νόμιζες πως δεν θα ξαναβρείς...

Η ενέργεια βέβαια που εξωτερικεύεται μετά είναι το κάτι ασύλληπτο... Διεγείρει ολόκληρη την ατμόσφαιρα γύρω σου και δεν σκέφτεσαι καν να κοιμηθείς από την ένταση και τον ενθουσιασμό! Μετατρέπεται το πεδίο! Μαγνητίζεσαι μαζί του και ξεφεύγεις... οριοθετείς διαφορετικά τον εαυτό σου επεκτείνοντας την αύρα σου μέχρι να γίνει ένα με τη δικιά του... Μετά τίποτα δεν φαίνεται ακατόρθωτο! Αν ενώσουν πραγματικά οι δυνάμεις, διασταυρώνεται και η ισχύς! Αντλείς αντοχή και ενέργεια! Αντιλαμβάνεσαι τα πάντα πλέον... Βρίσκονται όλες οι αισθήσεις σου σε εγρήγορση γιατί επιταχύνονται από τους υπόλοιπους γύρω σου οι οποίοι βέβαια κινούνται στα ίδια μήκη κύματος και μπορούν να συλλάβουν την πολυπλοκότητα στις σκέψεις σου με μια και μόνο ματιά... Είναι φοβερό!!!

Όταν οι κουβέντες αρχίζουν να περιττεύουν και λαμβάνει χώρο μόνο η δράση πλέον...

Συμπληρώνονται τα κενά των δραστηριοτήτων σου, σαν να γεμίζεις κουφώματα στον τοίχο και ξέρεις, όντας πλέον σίγουρος πως, για κάθε δικιά σου αδυναμία δεν θα βρεθείς ποτέ πια απροστάτευτος στο έλεος του ψηφιακού κυκλώνα της εποχής σου... Μπορεί να βγαίνεις μπροστά με την τόλμη της τέχνης σου και την ελευθερία της έκφρασής σου, όμως υπάρχουν και άλλοι πολλοί από πίσω για να σου προσφέρουν την κάλυψη... να ενεργείς ακόμα πιο παράτολμα, να πράττεις ακόμα πιο ελεύθερα και απροσάρμοστα, με μοναδικό κριτήριο βέβαια πάντα το δικό τους κατεστημένο...

Go for it! As always!!!

Fly baby! Fly!!!

Μερικές μόνο από τις κουβέντες μονάχα που αντιστοιχούνε σε τέτοιου μεγέθους και τέτοιου είδους κοσμολογικές και κοσμοναυτιγικές περιπλανήσεις...

Επεξηγώντας το ανεξήγητο... αποκαλύπτοντας κάθε κρυμμένο νόημα, δίνοντας σημασία ιδιαίτερη στην κάθε τυχαία κουβέντα και διαρκώς ψάχνοντας, αναζητώντας τις λεπτομέρειες της ουσίας! Την αποκατάσταση του βρόμικου και του σάπιου από το αληθινό και τολμηρό νόημα των γεγονότων γύρω μας... Χωρίς να είναι πάντα εύκολο βεβαίως αυτό... γιατί στο δρόμο και στη μέση της περιήγησης σου αυτής θα βρίσκεις και θα πέφτεις πάντοτε πάνω στους λεγόμενους... ΤΡΙΣΔΙΑΣΤΑΤΙΚΟΥΣ ΠΡΑΚΤΟΡΕΣ, οι οποίοι είναι γεμάτοι από θυμό και ζήλια για την πολύ - διαστατική σου αντίληψη και νοοτροπία, θέλοντας και επιχειρώντας να περιορίσουν το οπτικό και δημιουργικό σου πεδίο, να δαμάσουν την καλπάζουσα φαντασία σου, που είναι αυτή ακριβώς που σου δίνει το εύρος και το χάρισμα να κινείσαι και να δημιουργείς μέσα στην χαοτική διάσταση των μη περιοριστικών και υποδουλωτικών, κοινότυπων φραγμών και σε στέλνει ανεξίτηλα στο διάστημα να χαρίσει τη δημιουργία σου στα αστέρια...

Αληθινός όμως, όχι μόνο καλλιτέχνης, αλλά και άνθρωπος ή ήρωας μαζί, δεν γίνεσαι, αλλά γεννιέσαι!!! Απλά αντί για να χαθείς, μπορείς και να επιζήσεις... Αρκεί να μη σταματάς... να μην υποκύπτεις, να μην σωπαίνεις, να μη δειλιάζεις, να μην προδώσεις ποτέ την φύση σου την ίδια... εκείνη που σου έδωσε απλόχερα αλλά επιλεκτικά το χάρισμα να ξεχωρίζεις από τη μάζα, να διαφέρεις από τους υπόλοιπους κοινούς συνταξιδιώτες σου και να ορίζεις εσύ τον προορισμό της ζωής σου σε αυτό το ταξίδι άνευ επιστροφής...

Ζήσε λοιπόν μωρό μου!!! Μέσα στη μοναδική, την ξεχωριστή σου την... χαοτική διάσταση!!! Μη την φοβάσαι! Μη σε κάνουνε ποτέ να την απορρίψεις και να την αρνηθείς... Μην τους αφήνεις ποτέ να σε τρομάζουν επειδή εσύ διάλεξες εκεί μέσα να κινείσαι! Έχοντας πλέον δοκιμάσει και πραγματικά γευτεί όλες τις υπόλοιπες διαφορετικές παραμέτρους που υπόσχονται και συστηματοποιημένα εγγυούνται μια ζωή... ήρεμη! Με κάθε είδους ανέσεις... κοινωνικές και οικονομικές απολαβές... Έχοντας ήδη απαρνηθεί όλη αυτή την στημένη στο ύψος σου ψευτιά... Μαθαίνεις ξαφνικά πως υπάρχει και η εναλλακτική... Η φυγή από την προκατάληψη! Η απόδραση από τα συνηθισμένα! Η απαλλαγή από τους φραγμούς και τους γελοίους κοινωνικούς, αλλά και κάθε είδους κοινούς και ανθρώπινους (απάνθρωπους στην ουσία) φραγμούς, μπροστά στην ουσιαστική εξέλιξη... στην ικανή διορατικότητα... στην ελεύθερη πρωτοβουλία...

Έτσι και για όλους αυτούς τους διαφορετικούς μας λόγους, αποφασίσαμε, αφού πρώτα βρεθήκαμε και αλληλογνωριστήκαμε, να ξεκινήσουμε και να δώσουμε την εκκίνηση της λειτουργίας μιας διαφορετικής επονομαζόμενης... ΚΑΤΑΛΗΨΗΣ!!!

Δεν ήταν ένα πολιτικό, προπαγανδιστικό, προσχεδιασμένο και εύκολο - προσβάσιμο στέκι, για να βγάζει όλη η νεολαία το άχτι της αράζοντας μέσα εκεί και απλά περνώντας την ώρα της πίνοντας ατελείωτες ποσότητες αλκοόλ και νομίζοντας ότι με το να ρίξουνε μερικές βρισιές στους μπάτσους και στο σύστημα κάτι κάνουνε, πρώτου βέβαια ξαναβγούν στους δρόμους κάνοντας τράκα από περαστικούς και απεγνωσμένα ψάχνοντας να μαζέψουν για τη... δόση τους...

Απεναντίας! Απείχε πολύ το θέμα το δικό μας από κάποια τέτοιου είδους περιγραφή και κατάντια!!!

Δεν ψάχναμε για... θύματα και για έρμαια της τύχης τους να βρεθούν και να συμβιώσουν εκεί μέσα μαζί μας... Κάτι κατά πολύ πιο δυνατό... κάτι κατά πολύ πιο ισχυρό και πολύ-διαστατικό από μια απλή ντάγκλα, ένα σκέτο λιώσιμο... μια ναρκωτικά αποβλακωμένη και ανεξέλεγκτη τσατίλα ευκολοχρησιμοποιήσιμη και ευάλωτη, ψευτοκουλτούρα της παρακμής της ίδιας της κατάντιας της κοινωνίας μας, ζωντανή απόδειξη της υπεροχής της ίδιας, που εμείς οι ίδιοι παλεύαμε για να υπερνικήσουμε και να δαμάσουμε... στην ουσία να... καταστρέψουμε!!!

Μόνο τη ζωντάνια στο πνεύμα αναζητούσαμε... την

αληθινή δύναμη μέσω του συνεχούς προβληματισμού... Για να τη σπάσουμε σε όλους εκείνους που ξεπουλάνε την ψυχή τους και το ταλέντο τους, οποιοδήποτε κι αν είναι αυτό, για την υλική απολαβή... Επονομάζονται καλλιτέχνες και καλά, πνευματικοί άνθρωποι, για να ξεπετάξουν στην ανίδεη και αμόρφωτη ουσιαστικά μάζα, την εύκολη τροφή της... Τις ψαγμένες υποτίθεται αντιλήψεις τους... τα ακλόνητα πιστεύω τους... τη σαβούρα μουσική και ξεφτιλισμένη τέχνη τους... ενώ στην ουσία δεν αξίζουν ούτε δραχμή, εκείνοι όλοι οι... επιτήδειοι ξέρουνε καλά πως να κοντρολάρουνε ολόκληρη τη σύγχρονη υποκουλτούρα, να κυβερνάνε σαν απόλυτοι άρχοντες και προσωπικότητες ακλόνητες και πλέον αντιπροσωπευτικές του καλύτερου και υπερσπουδαγμένου καλλιτεχνικού πνεύματος που θα μπορούσε ποτέ να υπάρξει και οπωσδήποτε να ακριβοπληρωθεί κιόλας στον καιρό μας...!!!

Καλλιτέχνες της... ΖΩΗΣ!!! ΕΝΩΘΕΙΤΕ!!!

Ελάτε κοντά... μιλήστε μας ελεύθερα... ξεσκεπάστε όλα τα όνειρά σας... εξωτερικεύστε και χρησιμοποιείστε, εξαντλήστε μέσω της αληθινής δημιουργίας ολόκληρη την αστείρευτη μέχρι τώρα, ανεκτίμητη και περιθωριακή προς όλους αυτούς πηγή της έμπνευσής σας...

ΕΔΩ ΜΕΣΑ ΟΛΑ ΕΠΙΤΡΕΠΟΝΤΑΙ!!!

Τίποτα δεν κριτικάρεται ως... trash art... τίποτα δεν απορρίπτεται... μόνο και μόνο επειδή έχει από μόνο του τέτοιο βάθος που οι περισσότεροι δεν θα τολμούσανε ποτέ να προσεγγίσουν, και κρύβει τόση φαντασία, την οποία οι πιο πολλοί θα φοβόντουσαν ακόμα και να αντικρίσουν... Αληθινή ΤΕΧΝΗ είναι αυτή που κρύβει μέσα της τον ΣΕΒΑΣΜΟ πάνω από όλα, προς το ανθρώπινο πνεύμα... με όλες τις ανησυχίες του, τις αμφιβολίες και τις φοβίες του... Με όλη του την τόλμη και την αποφασιστικότητα... με όλο του τον σκεπτικισμό, κυριευμένο από το συναίσθημα, του τρόμου, της οργής... της ανάγκης, της αγάπης... της ανακούφισης αλλά και των προβλημάτων...

Βαρεθήκαμε πια να μας αντιπροσωπεύουν τα έργα τέχνης των καιρών μας... που ούτε μας αγγίζουν, ούτε έχουνε κάτι καινούριο και ουσιαστικό για να μας πούνε... Τερατουργήματα κάθε είδους... φτιαγμένα και κατασκευασμένα αποκλειστικά για να εκπληρώσουν το ζήλο του ίδιου του δημιουργού τους... τη ματαιότητα της υπεροχής... που τα υποτάσσει, δίνοντάς τους μορφή, να ξεπερνούν το ένα το άλλο... σε όγκο... σε ποσότητα... σε δαπάνη... σε... κακογουστιά...!!!!

Μια νύχτα είχαμε βρεθεί μαζί με τον Μογο να κρατάμε παρέα και συντροφιά σε έναν από τους φίλους μας... περιπλανώμενο καλλιτέχνη και δημιουργό του... δρόμου, όπως συνηθίζουν να τους χαρακτηρίζουνε μερικοί... Είχε κάνει αριστουργήματα το άτομο... Με απλές κινήσεις πάνω στον καμβά, είχε φτιάξει τόσο άμεσες και εκδηλωτικές φιγούρες πάνω στα σχέδιά του που ειλικρινά ανατρίχιαζες μόνο μια ματιά να τους έριχνες... Ήταν ο Nagual Dom... Και ήμουνα εξαιρετικά συγκινημένη όταν μου χάρισε δύο από τα πιο δυνατά έργα του... Το ένα έγραφε πάνω στο σκίτσο...

Η ΔΥΝΑΜΗ ΤΗΣ ΣΙΩΠΗΣ ΠΗΓΑΖΕΙ ΑΠΟ ΜΕΣΑ ΣΟΥ... ΟΝΕΙΡΕΨΟΥ!!!!

Και ενώ εγώ αφέθηκα στη μαγεία μιας τόσο όμορφα εμπνευσμένης σκέψης και προτροπής, ένας άλλος απαράδεκτος, βιαστικός, αποβλακωμένος και κενός εσωτερικά... τυφλός, χωρίς όμως να μην μπορεί να δει... (οπότε θα είχε και το ελαφρυντικό!!!) διαβάτης του κυκλώματος, έπεσε πάνω στα υπόλοιπα έργα του θρυλικού ερμηνευτή, ποδοπατώντας τα και αφήνοντας απάνω τους τις στάμπες από τα ολοβρόμεστα, πανάκριβα όμως αγορασμένα και extra trendy αθλητικά παπούτσια του...

Κατέστρεψε τη μαγεία... Αποπειράθηκε το ξέμπαρκο

παράσιτο να μειώσει τη συνδιαγαλαξιακή οντότητα και το πανίσχυρο συνδυασμό νοήματος και εικόνας που έβγαινε μέσα από τα έργα του φίλου ζωγράφου μας... τα... ποδοπάτησε! Χωρίς να σταματήσει καν να ζητήσει ένα απλό... συγγνώμη...!!!!!

Εμένα, αμέσως με πιάσανε και με κυριεύσανε οι πιο μισητές και εκδικητικές σκέψεις... Ήμουνα αμέσως έτοιμη να συνδεθώ με το πρόγραμμα και να βουτήξω μέσα του, οπλισμένη μέχρι το κόκαλο και με συναίσθημα οργής αρκετό, ώστε να εκτελέσω απαθέστατα, όχι μόνο όποιον πράκτορα θα έβρισκα μπροστά μου, αλλά και όποιο περίσσιο άτομο υποτίθεται βρισκότανε στο πρόγραμμα μέσα, κινούμενο και παρευρισκόμενο μόνο και μόνο για να δώσει μια αληθοφανή εικόνα στο ψευτοεικονικό background... Ήθελα να πιάσω το γκάνι όπως το έπιανα κάποτε στο Time Crisis και να αποτελειώσω το ψηφιακό παιχνίδι χωρίς να με ενδιαφέρει πόσες ζωές θα έχανα μέχρι το τέλος και πόσα bonus επιπλέον, μέχρι να το δω να καίγεται και να εξοντώνεται κυριολεκτικά...

Ο Μόγο με έπιασε αμέσως... κατάλαβε με απόλυτη ακρίβεια την προέλευση των πιο ακραίων συναισθημάτων μου και θα ήτανε εννοείται στο πλευρό μου αν τελικά είχα αποφασίσει να εισχωρήσω μέσα στο πρόγραμμα με τη μορφή του πιο εφιαλτικού τους ιού επιχειρώντας και επιδιώκοντας την ολική καταστροφή του...

Όμως μας σταμάτησε ο ίδιος ο δημιουργός... Ο ίδιος ο... Nagual Dom!!!

Με την ανωτερότητα του πνεύματός του και τον εφησυχασμό της ψυχής του, άφησε ολόκληρο αυτό το εξοργιστικό γεγονός να προσπεράσει... να φύγει και να σβηστεί από τη συλλογική μνήμη της ημέρας μας... Όχι βέβαια επειδή εκείνος δεν αγανακτούσε εκείνη την ώρα... ή δεν έφτανε στο σημείο πραγματικά να μισήσει άλλο τόσο τις... γενετικά νεκρές μάζες του πλανήτη ολόκληρου... Εκεί ήταν όλο το θέμα...

Το συγκεκριμένο άτομο ήτανε τόσο πολύ... υπεράνω... επειδή ακριβώς, εκτός από τον... κατά κόσμων, πλανόδιο καλλιτέχνη που εκθέτει τα έργα του στη μέση-μέση του δρόμου, ήτανε και... ΠΑΝΙΣΧΥΡΟΣ... ΜΑΓΟΣ!!!!

Που βεβαίως δεν χρειαζότανε να πράξει για να εκδικηθεί, και να λούσει με αίμα το πέρασμά του... Εκείνος ανέβαινε πάνω στον βράχο τον Θεών και συνομιλούσε με το σύμπαν... είχε την ικανότητα να τους περνάει ΟΛΟΥΣ από μια δίκη ενώπιον των ΘΕΩΝ... χωρίς όλοι εκείνοι φυσικά, ούτε να το γνωρίζουν ούτε να βρίσκονται σε θέση να μπορέσουν να το υποψιαστούν κάτι τέτοιο...

Είμαστε... ναι! Ο χειρότερός σας εφιάλτης...

Εκείνος που έρχεται μέσω των τύψεων του υποσυνείδητου και παρασύρει την προέλευση του χαρακτήρα σας... Σας κάνει εσάς τους ίδιους που καθ'όλη τη διάρκεια της ημέρας σας καμαρώνετε μπροστά στον καθρέπτη σας και πουλάτε τη μούρη σας στον κάθε ευκολόπιστο και δουλάκι της θαλπωρής, τυχόντα που βρίσκεται μπροστά σας, ικετεύοντας για να τον αφήσετε να σας λατρέψει λιγάκι και να σας αποθεώσει... τώρα όμως αντιθέτως να το μετανιώνετε πολύ, μα πάρα πολύ ακριβά... Γιατί τα όνειρα, ή το υποσυνείδητο το ίδιο, δεν ψάχνει για θαυμαστές ή για τους λάτρεις και τυφλούς οπαδούς του για να νιώσει και να αισθανθεί την απόλυτη κυριαρχία απάνω σας... Επίσης, χάρες σε κανέναν δεν κάνει... ούτε φακελάκια από κανένα σας δεν δέχεται για να σας αφήσει στην ησυχία σας, ούτε άμα κανείς πραγματικά ΦΤΑΙΕΙ... πρόκειται να το παραλείψει και να το παραβλέψει αυτό, κάνοντας όπως λένε τα... μετά πληρωμής φυσικά... στραβά μάτια!!!!

Οπότε μερικοί από εμάς... για να μην πω ΟΛΟΙ ΜΑΣ... έχουμε ασχοληθεί και έχουμε αναπτύξει αυτή την ιδιαίτερη ικανότητα... συν όλα τα άλλα βέβαια... να εισχωρούμε, να εισβάλουμε και να υποτάσσουμε το... ΥΠΟΣΥΝΕΙΔΗΤΟ ΣΑΣ!!!!

Μπορούμε να το κάνουμε μέχρι και να σας ρημάξει σαν οντότητες... αν πραγματικά αυτό θέλουμε!!! Μπορούμε να το υποτάξουμε στον ολικό και παντοτινά ανύπαρκτο αφυπνισμό του αν αληθινά το επιδιώξουμε!!!

Γιατί για να ξυπνήσετε ρε, και πραγματικά να αρχίσετε τον δικό σας πειραματισμό απάνω στη ζωή σας την ίδια... ΕΜΑΣ ΧΡΕΙΑΖΕΣΤΕ!!!

Αλλιώς... έρμαια... μιας τύχης τυχαίας, ενός μέλλοντος αόριστου... μιας ουσίας συνεχώς διαπραγματεύσιμης και μιας οντότητας παραπλανητικής θα συνεχίσετε για πάντα να είσαστε... χωρίς να έχετε ποτέ σας φτάσει σε κανένα βάθος... χωρίς να έχετε για να πάρετε... την ώρα που θα φεύγετε και θα εγκαταλείπετε τη λιγοστή διάρκεια αυτής της ζωής που χαριστικά σας δόθηκε, καμία αληθινά ΖΩΝΤΑΝΗ εικόνα μαζί σας... λουσμένη με συναισθήματα... κυριευμένη από πάθος και... σφραγισμένη από το μοναδικό, το αποκλειστικό, το δικό σας... στοιχείο και στίγμα απάνω στη συνεχή ροή ενός ταχύτατου χρόνου... χωρίς στασιμότητα και αναβολή...

Αν δηλαδή... παρόλα αυτά... ακόμα συνεχίσετε να μας... ποδοπατάτε με τέτοια περιφρόνηση... Θα αναγκαστούμε και εμείς να σας αφήσουμε εκεί, όπου ξέρουμε πως ο ΠΛΑΝΗΤΗΣ ΤΟΥ ΑΝΘΡΩΠΟΥ ΑΡΓΟΠΕΘΑΙΝΕΙ... και θα τραβήξουμε μονάχοι προς το δικό μας άστρο!!!

Και εκεί... στο δικό μας αστέρι αλήθεια... θα είμαστε κάθε μέρα οι καλλιτέχνες της ζωής μας της ίδιας... χωρίς να χρειάζεται να αποσκοπεί πουθενά πλέον η τέχνη μας... Θα υπάρξουμε αληθινοί αρχηγοί μονάχα του εαυτού μας του ίδιου... και εκφραστές ανεπηρέαστοι των αποκλειστικά δικών μας συνειρμών και συναισθημάτων... Χωρίς φραγμούς εκφραστικότητας και εξωτερίκευσης για όλες μας τις ανησυχίες... χωρίς την επιβολή κανενός προς κανένα... χωρίς πλέον... την ανάγκη αναβρασμού του συναισθήματος προς... εκδίκηση αυτών που ποδοπατάν εμάς και τα έργα μας... γιατί θα έχουμε πλέον καταφέρει να δημιουργήσουμε και να κτίσουμε τη δικιά μας... κοινωνία... όπου θα κυριαρχεί για πάντα και μόνο ο... ΣΕΒΑΣΜΟΣ τελικά!!!

Ο ΑΠΟΛΥΤΟΣ ΣΕΒΑΣΜΟΣ ΠΡΟΣ ΤΟ ΑΝΘΡΩΠΙΝΟ ΠΝΕΥΜΑ...

ΤΟΥ ΑΛΗΘΙΝΟΥ... ΚΑΛΛΙΤΕΧΝΗ!!!!

ΑΠΟΠΛΑΝΗΣΗ

Άνοιξα τον υπολογιστή... Παρέμεινα εκεί κοιτάζοντας, χαζεύοντας μάλλον τα μικρά πράσινα ψηφία του screen saver του Matrix να πέφτουνε πυκνά σαν νιφάδες χιονιού στην οθόνη μου... Η εικόνα φάνταζε πυκνή από μόνη της... Ασφυκτιούσε από λογής ψηφία, πράσινα αποκρυπτογραφημένα ψηφία...

Άρχισα άθελά μου να χάνομαι και εγώ μέσα σε έναν κόσμο γεμάτο με σύμβολα, γεμάτο με εικόνες... κατά έναν περίεργο τρόπο... γεμάτο με... νόημα!

Η οθόνη μου μιλούσε! Τα παράξενα εκείνα ιδεογράμματα μου έβγαζαν νόημα... Με ρούφηξε το πράσινο φόντο και με πήρε μέσα του, μαζί του, σε ένα ταξίδι μαγικό μέσα στον κυβερνοχώρο, όπου τα πάντα μπορούσανε να πραγματοποιηθούν! Τα πάντα ήταν εφικτά, καθόλου δύσκολα, απλά και ευκολοπροσβάσιμα... υλοποιήσιμα... καταπληκτικά!!!

Υπήρχε πρόσβαση παντού! Ακόμη και στα πιο τρελά, τραβηγμένα και απαγορευμένα όνειρα...

Είχα πλέον ολοκληρώσει την εκπαίδευσή μου ως ένας από τους πιο ανεξιχνίαστους και μη εντοπίσιμους hackers του καιρού μου και η πρόσβαση, όπως σε κάποιον από όλους εμάς ήτανε πλέον ανοιχτή, προς κάθε κατεύθυνση...

Ο καθένας με τη δική του ειδικότητα φυσικά... Ο καθένας μέσα στον δικό του τομέα... Ο καθένας με τα δικά του ιδιαίτερα ταλέντα και τη δική του πείρα να κινείται μέσα σε συγκεκριμένους χώρους και μέσα σε ακόμα πιο εξειδικευμένα πεδία...

Ο δικός μου τεχνολογικός τομέας ήταν η μουσική βιομηχανία... Μπορούσα να επικοινωνώ νοητικά και να ελέγχω τα desktop και όλα τα διάφορα μηχανήματα παραγωγής ήχου ή laser φωτισμού που παίζανε μέσα σε όλα τα club... Είχα τον απόλυτο έλεγχο επιλογής της μουσικής, χωρίς ούτε ο ίδιος ο DJ να βρίσκεται σε θέση να το αντιληφθεί και να με καταλάβει! Ήμουνα σε θέση να εισβάλλω και να υποτάξω τον κάθε ραδιοφωνικό σταθμό, αλλάζοντάς του συχνότητα, παίζοντας με τα ραδιοκύματα, ακόμα και εξαφανίζοντας τελείως το σήμα του άμα ήθελα, σηκώνοντας μια πειρατική σημαία μέσα στα screen saver των υπολογιστών τους... Χωρίς να μπορεί κανείς να με βρει... να με εντοπίσει. Ούτε καν να υποψιαστεί πως το σήμα τους χάθηκε εξαιτίας μου και όχι για κάποιον άλλο περίεργο και ανεξιχνίαστο λόγο...

Μερικοί μονάχα με γνωρίζανε... επειδή φυσικά είχα επιδιώξει εγώ την επαφή και τη γνωριμία μαζί τους... Έμπαινα μέσα στα club και έπαιζε συνθηματικός και διακριτικότατος χαιρετισμός μεταξύ μας... Ποτέ δεν πλησιάζαμε ο ένας τον άλλο όπως κάνουν όλοι οι υπόλοιποι, για να πουν ένα καλησπέρα... Εμείς ανταλλάζαμε απλές ματιές. Χωρίς ούτε μια κίνηση, χωρίς να μετακινηθούμε καθόλου από τη θέση μας... Απλά γνωρίζαμε πως ήμασταν δυο μόνο ή τρεις από εμάς μέσα. Εννοείται πως δεν κλείναμε ποτέ κανένα ραντεβού... Θα ήταν ηλίθιο, αν όχι τίποτα άλλο... Και το παιχνίδι άρχιζε... Η νύχτα κυλούσε μέσα στο club υπό τους δικούς μας ήχους και το face control ήταν πλέον στα δικά μας χέρια... Όποιος έπρεπε να φύγει από το χώρο μας μέσα έφευγε! Οι υπόλοιποι ήτανε ο χαβαλές για εμάς... ανυποψίαστοι! Μας κοιτούσαν και νόμιζαν πως βρίσκονται ανάμεσα στους οποιουσδήποτε κοινούς ανθρώπους που βγήκαν για να ξεσκάσουν... Στην ουσία όμως βρίσκονταν ανάμεσα σε μέλη της φυλής των night runners... Ανταλλάξαμε δισκέτες και προγράμματα μέσα στα πολύχρωμα laser του μαγαζιού και στο χαμό της νύχτας και τα χώναμε στις τσέπες και στις τσάντες μας καθώς παραγγέλναμε ποτό ή χορεύαμε ο ένας δίπλα στον άλλο...

Δεν υπήρχαν φυσικά συγκεκριμένα μόνο στέκια... Αυτό ήταν κάτι που γινόταν οπουδήποτε. Αρκεί να έπαιζε πρώτα ο απόλυτος καθαρισμός του χώρου από οποιοδήποτε σύστημα παρακολούθησης, να απομακρυνόταν και το τελευταίο bug και να δρομολογούταν προς την ανεπίστροφη έξοδο οποιοσδήποτε έφερε έστω της υποψίας μας πως θα μπορούσε να ήταν πράκτορας εξωτερικού κυκλώματος...

Οι παγίδες από την άλλη υπήρχανε παντού κρυμμένες... Μέσα στις άγριες και απρόβλεπτες νύχτες της μεγαλούπολης, κινούμενη κατά τέτοιο τρόπο, ήταν πολύ εύκολο να ξεγελαστώ, αν δεν πρόσεχα αρκετά και παρασυρόμουν από την ενέργεια και τον αυθορμητισμό μου...

Θυμάμαι ένα τέτοιο δύσκολο περιστατικό... Όταν με εντόπισε ένας πολύ επικίνδυνος πράκτορας και με πλησίασε άριστα καμουφλαρισμένος σαν να ήτανε κάποιος από εμάς, ζητώντας τη συνεργασία μου και την εμπιστοσύνη μου ώστε να μπορέσει να αντλήσει μεγαλύτερη δύναμη και γνώση φυσικά γύρω από όλα τα θέματα τα οποία εγώ είχα μελετήσει και αναπτύξει μέσα στα δικά μου δεδομένα...

Στην αρχή φάνηκε αδιάφορος... Σαν να είχε και εκείνος τη δική του αποστολή να επιτελέσει εκείνο το πρώτο βράδυ που έτυχε υποτίθεται να πέσω πάνω του...

Αυτό ήτανε κάτι που με απάλλαξε εξαρχής από κάθε υποψία προς το πρόσωπό του..

Στη συνέχεια, τις επόμενες φορές που τον πέτυχα, η διάθεσή του ήτανε άκρως φιλική. Υπήρχε μια παραδοχή στη συμπεριφορά του και μια αναγνώριση προς το πρόσωπό μου που με είχε ξαφνιάσει, με όλο του τον θαυμασμό στο αποκορύφωμά του όσον αφορά το έργο και τη δουλειά μου... Το να άρχιζα να σκέφτομαι και να μπαίνω σε υποψίες σχετικά με το πως ήξερε τόσα πολλά θα ήταν άσκοπο, μιας και στους συγκεκριμένους χώρους, σε κλειστό πάντα κύκλωμα, η δράση μου ήτανε γνωστή...

Κι όμως... κατέληξα να έχω πέσει πολύ έξω στη συγκεκριμένη περίπτωση... Έπρεπε να τον είχα περάσει από το σύστημα αναγνώρισης προσώπων και να είχα εμπιστευτεί πολύ περισσότερο την κρίση του υπολογιστή μου, που αμέσως άρχισε να ανοίγει προειδοποιητικά παράθυρα προκειμένου να μην τον αφήσει να μπει μέσα στα δικά μου documents...

Η μάχη που ακολούθησε ήταν σκληρή... Όταν πλέον τον κατάλαβα έπρεπε να επιστρατέψω όλα τα μέσα που διέθετα για να μπορέσω να απομακρύνω τον ιό από τα προγράμματα, όχι μόνο τα δικά μου, αλλά και του Μογο που είχε εμπιστευτικά αναλάβει τον υπολογιστή μου ως administrator...

Τελικά τα καταφέραμε και τον απομακρύναμε! Ήταν αρκετά εφιαλτική και μόνο η απειλή όμως και μια ακόμα ζωντανή απόδειξη του πόσο προσεκτικά πρέπει να κινούμαστε για να μπορούμε να είμαστε ελεύθεροι και να εξακολουθήσουμε να κάνουμε αυτό που κάνουμε...

Μαχόμενοι για την ελεύθερη συνείδηση! Για την ελεύθερη διακίνηση ιδεών, μέσω της τέχνης ή οποιουδήποτε άλλου τρόπου... Να μην υποκύπτουμε στους δαμαστές του ονείρου και στην εξωτερίκευση της μαγείας της... εικονικής πραγματικότητας!!!

ΙΣΗ ΠΑΡΑΜΕΤΡΟΣ

Γνώρισα έναν από τους αδελφούς του Μογο ένα από τα πιο ζεστά μεσημέρια του καλοκαιριού που πέρασε... Κανείς δε μας σύστησε βέβαια... Μας είχε ανατεθεί μια κοινή αποστολή, από τις πιο δύσκολες που υπήρχαν καταχωρημένες στα αρχεία μας για να βγουν εις πέρας κατά τη διάρκεια της συγκεκριμένης ημερολογιακής καταγραφής και ένα από τα πρώτα στάδια της αποστολής ήτανε να εντοπίσουμε και να βρούμε τον τρόπο να αναγνωρίσουμε ο ένας τον άλλο...

Είχα ξεκινήσει από πολύ νωρίς την προηγούμενη κιόλας νύχτα την αναζήτηση... Οι συνθήκες γίνονταν όλο και πιο δύσκολες και τα εμπόδια όλο και μεγαλύτερα καθώς περνούσαν οι ώρες και ανακοινώθηκε από όλα τα συστήματα υποταγής πως τα μαζικά μέσα επικοινωνίας και μεταφοράς θα απεργούσαν ασφαλώς συνωμοτικά και εναντίον μου καθιστώντας το όλο και πιο επικίνδυνο να τον βρω αφού δεν θα είχα στη διάθεσή μου τα γνωστά μέσα και τους κωδικούς αναζήτησης των κεντρικών υπολογιστών...

Το μόνο εφόδιο και η μοναδική μέθοδος που μου απέμενε ήταν η κοινή αναζήτηση της περιπλάνησης μέσα στη νύχτα από στέκι σε στέκι, συνήθως εκεί που συχνάζουν διάφοροι hackers, καθώς επίσης και ο μυστικός τρόπος ανταλλαγής πληροφοριών ο οποίος γινότανε με εξίσου μεγάλη δυσκολία εφόσον οι περισσότεροι πληροφοριοδότες ήτανε άκρως προσεκτικοί όσο και ιδιαίτερα επιλεκτικοί όσον αφορούσε το σε ποιόν μιλούσαν και το τι είδους πληροφορία μετέδιδαν...

Βγήκα μέσα στη ζεστή νύχτα λοιπόν... με διπλή ονομασία. Είχα το δεύτερο όνομα ως backup για την περίπτωση που συστηνόμουν σε κάποιο λάθος πρόσωπο και έπρεπε μετά να εξαφανιστώ καλύπτοντας όλα τα ίχνη που θα μαρτυρούσαν πως από εκεί είχα περάσει... Πρόσεξα πολύ την εμφάνισή μου... έπρεπε να μην είναι συγκαλυμμένη και να προσδιορίζει την ιδιότητά μου ώστε να είναι σε θέση να με αναγνωρίσουν εκείνοι που έψαχνα, χωρίς όμως να είναι προκλητική και να τραβάει πάνω μου όλα τα βλέμματα το οποίο ίσως να κατέληγε σε ανεκτίμητο χάσιμο χρόνου αν ερχόταν ο καθένας να μου μιλάει και να μου πιάνει την κουβέντα...

Μετά από αρκετή ώρα περιπλάνησης, προσεκτική σκέψη και μεγάλη δόση αποφασιστικότητας, κατάφερα να βρω τον πληροφοριοδότη που έψαχνα! Ήτανε τρομερά δύσκολο... ήταν τελείως διαφορετικής προέλευσης και εθνικότητας και μάλιστα από μια νέα ήπειρο την οποία δε θα μπορούσα ούτε να φανταστώ πως υπάρχει, αν δεν είχα ως ισχυρό σύμμαχο τη διαίσθησή μου, η οποία πολύ σπάνια μου υπαγόρευε λάθος συνειρμούς σκέψης και τρόπους συμπεριφοράς...!

Τον πλησίασα με όσο θάρρος και κουράγιο είχα γιατί φαινόταν πολύ απόμακρος και δύσκολο άτομο στη συναναστροφή καθώς καθόταν εκεί μόνος με ένα περίεργο, μυστήριο βλέμμα και εξερευνούσε τον χώρο και τον κόσμο γύρω του...

Η άποψη όμως αυτή πολύ σύντομα άλλαξε σε κάτι τρομερά θετικό απέναντί μου συγκεκριμένα βέβαια και βρεθήκαμε να συζητάμε πολύ ανοιχτά σε μια κοινή διάλεκτο την οποία είχα διδαχτεί πριν από αρκετά χρόνια στο Λονδίνο όταν ήμουνα ακόμα στη φάση αναζήτησης της πραγματικής μου ταυτότητας και είχα μόλις ξεκινήσει να αμφισβητώ τα γεγονότα και τα πρόσωπα γύρω μου ως ένα μέρος μονάχα κάποιου ψευτοεικονικού background...

Ο τύπος δεν μου έδωσε ακριβής πληροφορίες... Σχετικά με το που θα μπορούσε να βρίσκεται ο αδελφός του Μογο... Ούτε καν το όνομά του δεν μου αποκάλυψε! Όπως μου είχε εξηγήσει και ο ίδιος ο Μογο η αναμέτρηση αυτή θα ήταν από τις κορυφαίες σε θέματα εσωτερικής ασφαλείας και θα έπρεπε την κάθε δυσκολία ή τον κάθε βαθμό επικινδυνότητας να τα ξεπεράσω μόνη μου... Μου αποκάλυψε όμως το μέρος, την τοποθεσία όπου θα λάμβανε χώρο η δράση μας, αφού βέβαια καταφέρναμε να συναντηθούμε πρώτα, καθώς και τη σπουδαιότητα της ίδιας της αποστολής εφόσον θα έπρεπε να ξεσκεπάσουμε μια ολόκληρη συνωμοσία και να βρεθούμε εκεί για να περισώσουμε τη φήμη κάποιου από τους ισχυρότερους εμπνευστές και αντιπροσώπους του είδους μας... Μάλιστα με αποπλάνησε και ο ίδιος ακόμα, καθησυχάζοντάς με πως θα βρισκότανε και εκείνος εκεί το επόμενο βράδυ για να έχουμε έναν εφεδρικό σύμμαχο σε περίπτωση που κάτι δεν πάει καλά και αποκαλυφθεί το σχέδιό μας... Με αποπλάνησε γιατί αυτό ήτανε μονάχα ένα τέχνασμα ώστε να επαναπαυτώ και να νιώσω πιο ασφαλής, ενώ στην ουσία όλη τη δουλειά μονάχα εγώ και εκείνος ο μυστήριος και ξακουστός μέσα στους χώρους μας τύπος, ο αδελφός του Μογο έπρεπε να την κάνουμε...

Μέχρι την επόμενη το μεσημέρι παρέμεινα με εκείνη τη γλυκιά ανακούφιση πως είχα τουλάχιστον εντοπίσει τον σύμμαχό μας στην όλη παρτίδα και πως θα με βοηθούσε και εκείνος να βρούμε το άτομο που με την ισομετρική παράμετρο της δύναμης και επιτάχυνσης με τη δικιά μου, θα προλαβαίναμε να σώσουμε το πρόγραμμα της ανατεθειμένης μας αποστολής...

Έκανα όμως λάθος... ο πληροφοριοδότης εξαφανίστηκε αμέσως μετά την επόμενη μέρα όταν δέχτηκε ένα τηλεφώνημα προφανώς από τη δική του βάση πως η αποστολή ήτανε καθαρά δικιά μας και ο δικός του ρόλος στην πόλη είχε τελειώσει... έπρεπε να εγκαταλείψει αφού πρώτα σιγουρευτεί πως θα ολοκληρωνόταν η αποστολή το ίδιο βράδυ από εμάς τους δυο. Απλά εκείνος δεν θα βρισκότανε εκεί για καμία extra βοήθεια πέρα από την οποία μου είχε ήδη δώσει το προηγούμενο βράδυ αποκαλύπτοντας τουλάχιστον τον προορισμό μας και παραδίδοντάς μου τον φάκελο που έπρεπε να παραδοθεί στο συγκεκριμένο εμπιστευτικό μέλος ώστε να φτάσει στην άλλη άκρη του πλανήτη ασφαλείς, χωρίς εναέριες παρεμβολές στο σήμα που εξέπεμπε.

Έπρεπε για άλλη μια φορά να βγω έξω και να τον βρω επιτέλους...

Έπρεπε για άλλη μια ακόμη πιο ριψοκίνδυνη φορά μέσα στον ήλιο του μεσημεριού να βγω έξω και να ψάξω για το νούμερο δυο ίσως ισχυρότερο hacker μετά τον ίδιο τον Μογο... Φόρεσα ακόμα πιο αδιάφορα και συνηθισμένα ρούχα και βγήκα στους δρόμους, στις πλατείες... Είχα όμως πάνω μου ένα διακριτικό! Μια ασημένια αλυσίδα που έδινε το σήμα της τοποθεσίας μου στον ανιχνευτή μετάλλων της βάσης μας, στην περίπτωση που και εκείνος έψαχνε απεγνωσμένα για μένα και με την πίεση του χρόνου καθώς και με την ολική απεργία των επικοινωνιών και των μεταφορών δυσκολευόταν απίστευτα να με βρει και να με εντοπίσει...

Και όντως! Η αλυσίδα βοήθησε αφάνταστα την πεπιεσμένη κατάσταση που βρισκόμασταν... Σχεδόν από ένστικτο ακολούθησα τα βήματα ενός ατόμου που του είχανε ανοίξει το κεφάλι και τρέχανε αίματα σε όλο του το πρόσωπο από έναν καυγά, παρόλο που δεν ήτανε καλός οιωνός, το θεώρησα κατά κάποιο τρόπο ένα σημάδι και βγήκα έξω από το μαγαζί που καθόμουν για λίγο και συζητούσα προβληματισμένη με κάποιον άλλο πιο μικρό της ομάδας μας... Και τότε τον είδα!!! Αγχωμένο, εκνευρισμένο, να προσπαθεί να αποκτήσει πρόσβαση σε κάποια γραμμή τηλεφώνου, σπάζοντας τον γενικότερο κωδικό της καταστολής της συγκεκριμένης ημέρας και στις τηλεπικοινωνίες... Ήτανε τόσο όμορφος... Τόσο πολύ όμορφος και φαινότανε τόσο δυνατός και ισχυρός χαρακτήρας...τον αναγνώρισα αμέσως! Δε χωρούσε αμφιβολία... Όπως άλλωστε με αναγνώρισε και εκείνος! Με την πρώτη ματιά!!!!!

Με πλησίασε... ήρθε και μου συστήθηκε... Michelangelo... Είσαι η... Wanda έτσι?

Αμέσως του φόρεσα την αλυσίδα μου στο λαιμό. Του έδωσα και τα γυαλιά ηλίου μου... Εκείνος τα χρειαζότανε περισσότερο από εμένα καθώς είχε περάσει ολόκληρη τη νύχτα αναζητώντας εμένα την ίδια με την ίδια απόγνωση και πίεση χρόνου, παραμετρική ίση βιασύνη και ανάγκη ίσως...

Εκείνος μου πέρασε στο χέρι ένα δερμάτινο περικάρπιο που φορούσε πάνω του τουλάχιστον τα τελευταία εφτά χρόνια όπου και να βρισκότανε, συμβολικά για να μου δείξει εξ αρχής πως υπήρχε απίστευτη εμπιστοσύνη και σεβασμός προς το πρόσωπό μου και στη συνέχεια με έπιασε από το χέρι και άρχισε να με κατευθύνει με ταχύτατο βήμα προς το πιο κοντινό exit που υπήρχε γύρω μας ώστε να απομακρυνθούμε από το κέντρο της πόλης... Όσο γρήγορα και να πηγαίναμε δεν υπήρχε περίπτωση να παραμείνουμε απαρατήρητοι... Όλοι στον δρόμο μας κοιτούσαν... ότι κουβέντα και να πιάναμε για να τους αποπλανήσουμε, οι πράκτορες είχανε όλοι τα βλέμματά τους στραμμένα προς το μέρος μας... Τόσο πολύ, που για μια στιγμή δίστασα... φοβήθηκα πως η αποστολή αυτή ήτανε καταδικασμένη από την αρχή να μην επιτύχει... και καθώς προχωρούσαμε σχεδόν τρέχοντας από την πίεση του χρόνου, του άφησα το χέρι και παρέμεινα κοκαλωμένη πίσω του να τον κοιτάω να προχωράει με αποφασιστικό και αδίστακτο βήμα προς την μοναδική διέξοδο που παρέμενε σε λειτουργία για να βγει κανείς μακριά από το κέντρο της πόλης...

Εκείνος κατάλαβε την ανησυχία μου. Δεν γύρισε όμως στιγμή να κοιτάξει προς το μέρος μου! Γιατί δεν είχε την παραμικρή αμφιβολία πως θα ξεπερνούσα αμέσως τους φόβους μου και τελικά θα αποφάσιζα να τον ακολουθήσω... Όπως και έκανα φυσικά... Δεν θα υπήρχε περίπτωση να τον άφηνα μετά από τόσο ψάξιμο να εξαφανιστεί μόνος του στο χαμό του πλήθους, ούτε βέβαια να φτάσει μονάχος στον προορισμό για να αντιμετωπίσει την αποστολή χωρίς τη βοήθειά μου...

Έτρεξα ακόμη πιο γρήγορα και του έπιασα το χέρι για να μην το ξαναφήσω... για πολλή ώρα... Φτάσαμε στο exit και πήραμε θέσεις στο τελευταίο λεωφορείο που οδηγούσε μακριά από το κέντρο εκείνη την ημέρα... Αν δεν το προλαβαίναμε θα ήμασταν καταδικασμένοι και εγκλωβισμένοι εκεί, ενώ ο προορισμός μας ήτανε μίλια μακριά... ξεκινούσαμε ένα κυνηγητό με τον χρόνο και ήτανε ήδη πολύ αργά... παίζαμε με τις πιθανότητες... αλλά ήταν ήδη εις βάρος μας οι συνθήκες...

Μέσα στο λεωφορείο, περικυκλωμένοι από πράκτορες, που όμως δεν μπορούσανε να μας αγγίξουν, το μόνο που μας έμενε ήτανε να περιμένουμε υπομονετικά μέσα στην απίστευτη κίνηση μέχρι να φτάσουμε στην πρώτη στάση του μεγάλου μας δρομολογίου... Αρχίσαμε να μιλάμε και να συζητάμε... για προσωπικά πράγματα και οι δυο... προσωπικά θέματα που θα συζητούσε ο καθένας σε κάποια γνωριμία και όχι για θέματα που αφορούσανε την άλλη πλευρά του προφίλ μας... Κρατούσαμε ο ένας το χέρι του άλλου... κοιταζόμασταν στα μάτια... εκεί ήτανε που χάσαμε το παιχνίδι...

Βυθιστήκαμε πολύ ο ένας στα μάτια του άλλου... τόσο πολύ που η αποστολή φάνηκε να χάνει τη σπουδαιότητά της και ενώ ήμασταν αποφασισμένοι να την επιχειρήσουμε, ο χρόνος φαινόταν να μην έχει και τόσο μεγάλη σημασία, αρκεί που κυλούσε και μας έβρισκε μαζί...

Σαν να είχε μεγαλύτερη αξία η συνάντησή μας η ίδια παρά ο λόγος για τον οποίο έπρεπε τελικά να βρεθούμε...

Φτάσαμε επιτέλους στην πρώτη στάση... έπρεπε από εκεί να παίρναμε κάποιο άλλο μέσο για να φτάσουμε μετά στον κλειδοκράτορα που θα μας έδινε ένα αμάξι ώστε να συνεχίζαμε μετά μόνοι μας... Από την ένταση δεν άντεξα και πήγα να αγοράσω αλκοόλ... Άλλο ένα λάθος! Είχε αρχίσει ήδη να ξεφεύγει το μυαλό μου από τον τελικό προορισμό... Έδειχνε να μη με νοιάζει τίποτα πια, ενώ ο Michelangelo προσπαθούσε απεγνωσμένα να βρει άλλη μια έξοδο ώστε να μπορέσουμε να φτάσουμε στο αμάξι μας στην ώρα μας... Μα ήτανε ήδη πολύ αργά και κανείς δε φαινότανε να σταματάει για να μας πάρει.. Είχαμε πλέον απομακρυνθεί τόσο πολύ από το δικό μας πεδίο και δεν έπιανε κανένα σήμα βοήθειας... εκτός ίσως από το εφεδρικό..!!! Που το είχα εγώ αποθηκευμένο στη συσκευή μου και σε κάποια στιγμή που συνήλθα λίγο και ξανά συντονίστηκα με το δικό μας πρόγραμμα το κάλεσα και η βοήθεια ήρθε αμέσως για να μας μεταφέρει σε μια παράξενη περιοχή που ήξερε μόνο ο Michelangelo καθώς εγώ δεν είχα ποτέ πριν φτάσει τόσο μακριά από τον δικό μας τομέα... Σταματήσαμε και περπατήσαμε πάλι αρκετά μέχρι να χωθούμε σε κάτι σκοτεινά δρομάκια και ύστερα στο πίσω μέρος μιας τεράστιας πυλωτής πολυκατοικίας που την κάλυπταν δέντρα και διάφοροι θάμνοι...

Μου ζήτησε να τον περιμένω εκεί... Θα πήγαινε μόνος του να αντικρίσει τον κλειδοκράτορα... εγώ φοβήθηκα μήπως πάθαινε τίποτα στην προσπάθειά του αυτή... Τέτοια άτομα τα φυλάνε λογής πράκτορες καθώς βρίσκονται σε καίριες θέσεις και είναι συνήθως οι τελευταίοι κρίκοι μέχρι να βγει σε πέρας κάποια αποστολή...

Όμως του έδειξα εμπιστοσύνη και σεβάστηκα την επιλογή του να μην τον ακολουθήσω... ήθελε και εκείνος με αυτόν τον τρόπο να με προφυλάξει... μα δεν μου ήταν εύκολο να τον αποχωριστώ ούτε λεπτό... παρόλα αυτά παρέμεινα εκεί... με τα μάτια σκαλωμένα στην είσοδο από όπου μου είχε πει να τον περιμένω να επιστρέψει...

Οι στιγμές δεν περνούσαν... άκουγα φωνές από μέσα... ευχόμουν να μην ακούσω πράγματα να σπάνε στη συνέχεια καθώς ήταν προφανές ότι μαλώνανε, πιθανότατα σχετικά με την καθυστέρηση στην απόδοση του χρόνου μας... και ήταν αλήθεια, είχε πάει πολύ αργά... ακόμα και εγώ αμφέβαλλα για το αν θα προλαβαίναμε να δούμε τον διασημότερο καλλιτέχνη και να τον προφυλάξουμε από τους εξωτερικούς πράκτορες που θα βρίσκονταν εκεί για να σαμποτάρουν τη συναυλία του και να μην τον αφήσουν να μεταδώσει τα σήματα που έπρεπε να βγούνε στον αέρα μέσω του ήχου και την εικόνας...

Είχα αρχίσει να φοβάμαι πάρα πολύ! Και για τους δύο μας... όμως ο Michelangelo δεν ήταν άτομο που θα τα παρατούσε τόσο εύκολα... Βγήκε μετά από αρκετή ώρα που τον περίμενα με τόση αγωνία, πλησίασε προς το μέρος μου και μου έδειξε τα κλειδιά του αμαξιού που θα μας πήγαινε μέχρι εκεί...

Άνοιξε τη μηχανή... Άνοιξε το γκάζι απότομα... Βγήκαμε στην εθνική και άρχισε να τρέχει και να κάνει τέτοιους ελιγμούς που θύμιζε επαγγελματία πιλότο...

Δεν είχα ξανακάνει συνοδηγός σε αμάξι που πήγαινε με τέτοια ταχύτητα στο δρόμο...

Με κοίταξε... μου είπε να μη φοβάμαι...να μη φοβάμαι για τίποτα...

ΥΛΟΠΟΙΗΣΗ

Σχέδιο εν δράση... Ολική μετατροπή της σκέψης και της ουσίας της ιδέας σε πράξη. Δηλαδή σε αλυσιδωτή σειρά δράσεων οι οποίες καταλήγουν στον απώτερο σκοπό, δημιουργώντας όμως αναπόφευκτα κατά τη χρονική διάρκεια της εκτέλεσής τους και τις λεγόμενες... αντιδράσεις από όλους τους υπόλοιπους που αναγκαστικά εμπλέκονται και καταναγκαστικά μάλιστα σε κάνουνε να τους συμπεριλάβεις σαν μέρος του σχεδίου σου, επιχειρώντας διαρκώς να αποκτήσουν πρόσβαση στη δική σου βάση δεδομένων ώστε να συνεχίσουν να έχουνε αν όχι τον απόλυτο έλεγχο, τουλάχιστον τις πολύτιμες πληροφορίες που μεταδίδει το σύστημα και αφορούν όλες σου τις πράξεις... από τη στιγμή βέβαια που αρχίζουν να υλοποιούνται και δεν παραμένουν απλά καλοκρυμμένες ιδέες στο πίσω μέρος του μυαλού σου...

Γιατί το να σκέφτεται κανείς ελεύθερα ότι θέλει, υποτίθεται πως συνεχίζει να αποτελεί αναπόσπαστο δικαίωμα του καθένα στη ζωή του... όχι όμως και να... υλοποιείς τις σκέψεις σου, θέτοντας σε εκκίνηση τις απαραίτητες ενέργειές σου...!

Εκεί είναι που έρχεται να κάνει αισθητά την παρουσία του ο... περιορισμός! Απάνω στην υλοποίηση... Δεν πρόκειται να σε αφήσουν! Δεν πρόκειται να σε εγκρίνουν... Δεν πρόκειται να σου επιτρέψουν ποτέ να... προχωρήσεις!!!

Γιατί με το να προχωράς εσύ... σημαίνει πως αφήνεις και κάποιους αναγκαστικά πίσω σου... και αυτό είναι ακριβώς που δεν τους αρέσει ΚΑΘΟΛΟΥ!!!

Εμένα όμως... βασικός στόχος και σκοπός στη ζωή μου ήτανε πάντα αυτή η... γλυκιά αίσθηση που μόνο η υλοποίηση κάποιας ιδέας, ή κάποιου ονείρου δικού μου μπορεί να μου προσφέρει... Το να έμενε απλά ως μια σκέψη κλειδωμένη μέσα στον εγκέφαλό μου ή απλά ως μια δυνατή επιθυμία, χωρίς να μπορέσω να την ξεσκεπάσω, να τη φτάσω και να τη δω να γίνεται πραγματικότητα μου προκαλούσε πάντα μια αίσθηση λύπης, ήττας... μελαγχολίας... κατάθλιψης... ανικανότητας και τσατίλας...

Έψαχνα λοιπόν πάντα τον κατάλληλο τρόπο... έφτιαχνα μέσα μου το σχέδιο! Προγραμμάτιζα τα βήματά μου και προσπαθούσα να οργανώσω τα πάντα που θα μπορούσανε να με βοηθήσουν ώστε να εκπληρώσω τον μοναδικό σκοπό μου!

Με δυσκολία... με υπομονή και επιμονή... ώστε να μη με παρασύρει ο ενθουσιασμός και αποκαλυφθεί το σχέδιό μου, συνέχιζα πάντα να εργάζομαι προς ένα μόνο σκοπό.

Τον δικό μου σκοπό!!! Αυτοσκοπό πλέον... Προορισμό πλέον... Προσωπικό μου καθήκον... Υπόσχεση και όρκος... λόγος τιμής προς... ΤΟΝ ΕΑΥΤΟ ΜΟΥ!!!

Και ποιος ακριβώς είναι αυτός...? Μα δεν θα μπορούσε να είναι άλλος φυσικά!

Από το να μεταδώσω τις... γνώσεις μου! Τα.. γνωρίζω και τα πιστεύω μου!

Και όχι σε όλους φυσικά! Εννοείται αυτό! Αντιθέτως, απευθύνομαι σε ελάχιστους δυστυχώς... σε εκείνους όμως που ξέρω πολύ καλά πως με χρειάζονται να το κάνω αυτό... πως θα τους προσέφερα ίσως ένα είδος ανακούφισης, δίνοντάς τους τη σιγουριά που και εγώ η ίδια τόσο καιρό τώρα έψαχνα, ότι δεν είναι μόνοι τους... και ίσως επίσης προσφέροντάς τους ένα... άσυλο μέσα από τα λόγια και τις πράξεις μου, όπου θα μπορέσουν να καταφύγουν ανά πάσα στιγμή που θα νιώσουν πως κινδυνεύει το πνεύμα τους... από τον ολικό αφανισμό...

Θέλω να ανοίξω το μυαλό μου... να ανοίξω την ψυχή μου και να τους δεχτώ όλους εκείνους μέσα μου... να τους προσφέρω ένα καταφύγιο για το νου και την καρδιά τους... μια παρηγοριά για όλες τις ώρες που πέρασαν ουρλιάζοντας από τον πόνο για το άδικο... για το μάταιο... για το... ΑΛΗΘΙΝΟ...

Μετά... ίσως τους γράψω και ένα τραγούδι! Και τους το αφιερώσω!

Λίγο παράφωνο θα είναι βέβαια... αλλά σκοπεύω να τους το πω! Και ίσως οι στίχοι για μια πρώτη φορά να ακουστούν πιο δυνατά από την ίδια τη μελωδία... και καταφέρουν να σκεπάσουν κάθε τυχόν παραφωνία...

I GET OUT...

I GET OUT OF ALL YOUR BOXES... (Lauryn Hill)

Αυτοί ήτανε μερικοί από τους στίχους που εμένα παρακίνησαν να καθορίσω πια το ρόλο μου σε όλη αυτή την ιστορία...

Αν έβγαινα τώρα έξω... για μια βόλτα μόνο... να περιπλανηθώ... σε αυτόν τον κόσμο μόνο... θα ερχόταν κανείς μαζί μου???

Θα σταματούσε κανείς άλλος στα σημεία και στα μέρη που εγώ θα σταματούσα?

Θα παρατηρούσε κανείς τα ίδια πράγματα που εμένα θα μου κάναν εντύπωση...?

Θα κοιτούσε κανείς άλλος εκτός από εμένα τον ουρανό ψηλά καθώς θα προχωρούσε, αντί για την άσφαλτο της αχάρακτης πορείας μας???

Θα σταματούσε επιτέλους να ρωτάει... Πού πάμε; Πού πάμε επιτέλους; Πότε θα φτάσουμε... και θα συνέχιζε απλά να περιπλανιέται μαζί μου από σταθμό σε σταθμό... αλλάζοντας σύνορα... μαζεύοντας εμπειρίες... αποκτώντας... ΓΝΩΣΗ!!!

Πίνοντας από το κρασί της ζωής... Αναλογίζοντας... το τι θα μπορούσαμε να κάνουμε και το τι κάνουμε τελικά... το που θα μπορούσαμε να φτάσουμε και με τι τελικά αρκούμαστε όλοι...

Αν οι παλαιότεροι μας, οι προγονοί μας είχαν καταφέρει να φτάσουν σε τέτοιο μεγάλο βαθμό και να προσεγγίσουν το πνεύμα της σοφίας και της απόλυτης γνώσης... την ιδιοφυΐα της μυθοπλαστικής δημιουργίας και έκσταση της έκφρασής τους... τότε γιατί εμείς, όλοι οι σύγχρονοί μου, όλοι γύρω μου... ΚΟΙΜΟΥΝΤΑΙ;

Υψηλά ιδανικά είναι επίσης πλέον... παράνομο να έχει κανείς;

Κι αν όχι... τότε που τα κρύβουν και όσο και να ψάξω δεν τα διακρίνω... ΠΟΥΘΕΝΑ ΚΑΙ ΣΕ ΚΑΝΕΝΑΝ...;;

...Πρώτη πρώτου, πρώτη δευτέρου, πρώτη, δεύτερη και τρίτη τρίτου και πάει λέγοντας, ολοκληρώνεται ένας χρόνος και πάμε πάλι από την αρχή... πρώτη πρώτου, πρώτη δευτέρου, πρώτη τρίτου, πρώτη τετάρτου... ξανά και ξανά... ή αρχή του τέλους και το τέλος της αρχής... χωρίς να έχουμε πάει βήμα παραπέρα...

ΕΣΥ!!! Τι σημάδι θα έχεις αφήσει στην ανθρωπότητα για να θυμάται πως κάποτε πέρασες από εδώ; Τα παιδιά σου ε; Αυτός είναι ο σκοπός και ο ρόλος σου ε; Ναι αλλά... άσε να σε ρωτήσω κάτι άλλο εγώ τώρα... Και τα παιδιά σου ρε, τι θα έχουνε να αφήσουν νομίζεις πίσω τους όταν θα έρθει και η δική τους σειρά να αποχωρούν σιγά σιγά με ελαφριά πηδηματάκια... θέλω να πω... αυτοσκοπός σου μονάχα είναι η επιβίωση και η εκπλήρωση του πιο εύκολου έργου που θα μπορούσε να σου ανατεθεί ποτέ, η... αναπαραγωγή; Και τα κουνέλια γεννάνε, και οι βάτραχοι πολλαπλασιάζονται, και οι κατσίκες κάνουν sex...!!!! Εσύ όμως υποτίθεται πως είσαι... ΑΝΘΡΩΠΟΣ! Ή κάνω λάθος???

Έχω αγανακτήσει μαζί τους!!!

Αν ο καθένας μας την έβλεπε διαφορετικά... ότι έχει ένα βαθύτερο λόγο ύπαρξης και ένα ακόμα πιο βαρύ χρέος απέναντι στην ολική κατάντια των καιρών μας να επιτελέσει... θα αλλάζανε τα πράγματα! Θα γινόντουσαν πιο διορατικοί οι άνθρωποι... Θα μου το κάνανε πιο εύκολο να μπορέσω να συνυπάρξω μαζί τους...

Ας είναι... δεν θα ήθελα στην τελική να μπορούσα να τα βρίσκω με όλους τους υπόλοιπους γύρω μου... ούτε θα ήθελα να τους έχω όλους κοντά μου και να μπορώ να επικοινωνώ ταυτόχρονα σε όλα τα μήκη κύματος...!!!

Μερικούς μόνο χρειάζομαι! Πολύ λίγους! Ελάχιστους! Έστω, μόνο έναν!!!

Και εκείνον φυσικά τον έχω!

Ξεκινήσαμε λοιπόν μαζί με τον Μόγο να συζητάμε και να καταστρώνουμε το δικό μας σχέδιο υλοποίησης, σε μια αναζήτηση ενός χώρου κατάλληλου ώστε να μπορέσει να στεγάσει όλα μας τα όνειρα, που και οι δύο ήμασταν σίγουροι και αποφασισμένοι πως δεν θα τα αφήναμε πίσω μας, να ξεχαστούν και να ξεθωριάσουν!

Ένα κοινό χώρο, ένα καινούριο μέρος... όπου θα μπορούσαμε να τον λειτουργήσουμε με τη διδασκαλία της τέχνης μας και την μετάδοση των γνώσεών μας... τη μεταφορά της σκέψης μας και την εξωτερίκευση του πάθους μας για την... αληθινή ΖΩΗ!!!

Καιρό τώρα αναζητούσα τα κίνητρα... Έψαχνα παντού, για το κατάλληλο σημάδι που θα μου έδειχνε πως είχε έρθει ο καιρός να περάσω σε μια τέτοιου είδους αντεπίθεση, αλλά και σωτηρία...

Κατάλαβα πως από πάντα τις είχα τις δυνατότητες! Καθώς και όλες τις απαραίτητες γνώσεις που θα χρειάζονταν για κάτι τέτοιο... Η χρονική στιγμή της εκκίνησης μονάχα ήταν αυτό που έλειπε... την οποία δυσκολευόμουνα να καταφέρω να την ορίσω λόγω της αμφισβήτησης του ίδιου του εαυτού μου... της διαρκής αναζήτησης του αληθινού εαυτού μου θα έλεγα καλύτερα... έχοντας από πάντα την τάση να με... δοκιμάζω από μόνη μου... να με κάνω να περνάω από δύσκολα και επικίνδυνα επίπεδα, μέχρι να σιγουρευτώ στο τέλος πως... ήμουνα ΙΚΑΝΗ!!!

Τώρα είχα φτάσει πλέον στο σημείο να διαπιστώσω... πως η ικανότητα αυτή ήτανε πάντα μέσα μου. Όλη η απαραίτητη αποφασιστικότητα επίσης! Χρειαζότανε μονάχα μια μικρή προτροπή... την οποία και προσέλαβα τελικά από τη ματαιότητα όλων των υπόλοιπων γύρω μου... Βλέποντας τους διαρκώς να παραμένουν στα... όνειρα, αδυνατώντας να βρούνε το κουράγιο της... υλοποίησης! Τότε ήτανε που είπα... ΟΧΙ!

Εγώ θα φτάσω εκεί που δείχνει το χέρι μου! Μέχρι την ασημένια άκρη των ονείρων μου και θα τους ξεπεράσω όλους!!! Ας μυρίζει ο κόσμος ψοφίμια! Ας κυριεύει η παρακμή! Ας ξεπουλιούνται τα πάντα γύρω μας... Εγώ έχω πλέον ταυτίσει την ύπαρξή μου με αυτή την... υλοποίηση της διαφοράς! Της αισθητής διαφοράς που με έκανε από πάντα να νιώθω και να διαισθάνομαι πως ξεχωρίζω! Όπως ακριβώς κατά τον ίδιο τρόπο ξεχωρίζει και ο Μογο και όλοι οι υπόλοιποι, κι ας είναι λιγοστοί όλοι αυτοί που βρίσκονται κοντά μας!!!

Βγαίνουμε λοιπόν για άλλη μια φορά, πάλι εμείς οι δυο μπροστά! Φτιάχνοντας κάτι που νομίζουμε πως πολλοί άλλοι ίσως να αποζητούν... Δίνοντας ύπαρξη σε μια κοινή ιδέα... υλοποιώντας έναν κοινό σκοπό... επονομάζοντας πλέον και βαφτίζοντας το όνειρό μας... Απεικονίζοντας ένα όραμα βρίσκοντας την κατάλληλη εικόνα και μορφή που θα του ταίριαζε, σταματώντας πλέον απλά να το περιγράφουμε και να το επεξεργαζόμαστε μονάχα μέσα στο μυαλό μας ως κάτι... που θα ήτανε πολύ ωραίο αν ποτέ γινότανε αληθινό... Τώρα το κάνουμε εμείς αληθινό!!! Από εδώ και πέρα θα αρχίσει πραγματικά να υπάρχει... και θα το βλέπουνε όμως... μόνο αυτοί που θα μας πείσουν πως ειλικρινά μπορούνε να... δούνε!!!

Και θα πρέπει και εκείνοι επίσης να περάσουν από πολλές δοκιμασίες και διάφορα εξαντλητικά στάδια μέχρι να έρθουν στην ίδια παράμετρο και κριθούν κατάλληλοι στο νου και στο πνεύμα τους ώστε να τους δοθεί κωδικός πρόσβασης στη δική μας βάση δεδομένων...

Δεν είναι ποτέ απλά τα πράγματα... Ειδικά όταν σταματήσουν οι ενέργειές σου να είναι τυχαίες και αρχίσουνε οι κινήσεις σου να οργανώνονται σε μια τροχιά, τα πράγματα όλα που κάνεις και λες οριοθετούνται σε άλλο κύκλωμα... Εμπεριέχουν άλλη βαρύτητα... αποσκοπούν σε υψηλότερα ιδανικά! Γιατί όπως το είχα ξαναπεί και πιο πριν... εμένα την ίδια, υψηλά ιδανικά και αυθεντική πηγή προέλευσης των στη ζωή μου, δε θα με σταματήσει ποτέ κανείς να έχω!!! Καλύτερα να επιχειρήσει να μου πάρει τη ζωή, παρά να προσπαθήσει να με απομακρύνει από το πνεύμα μου και να με αποκόψει από τον πολύτιμο τρόπο σκέψης μου που τόσα χρόνια τώρα υπήρξε ο μοναδικός μου σύμμαχος στο ατελείωτο παιχνίδι της... σωστής και κόσμιας... συμπεριφοράς!!!

Μα ακόμα βράζει το αίμα μέσα μου... Ακόμα βλέπω τα αδέλφια μου γύρω μου να υποφέρουν και να ταλαιπωρούνται προσπαθώντας να βρουν μια σχισμή του ουρανού για... καθαρό αέρα... Ακούω το κλάμα των ονείρων τους... γνωρίζω τα ουρλιαχτά της απελπισίας τους... Με πονάνε και εμένα όλα αυτά, ξανά από την αρχή, λες και τα ξαναπερνώ, κάθε φορά που έρχονται να με βρουν και μου ανοίγουν την ψυχή τους ελευθερώνοντας όλους τους φόβους, τις αγωνίες, αλλά και τις κρυφές ελπίδες τους... και κάθε φορά. Μα κάθε φορά, λίγο πριν φύγουνε, μου αναφέρουν τα ίδια λόγια... ΠΙΣΤΕΥΟΥΜΕ ΣΕ ΣΕΝΑ!! Σαν να είμαι ένα μοναδικό πρόσωπο πάνω στο οποίο μπορούν να βασιστούν... σαν να περιμένουνε κάτι από εμένα, το οποίο μόνο εγώ θα μπορούσα να κάνω... σαν να περιμένουνε και τη δική τους λύτρωση και απελευθέρωση του πνεύματος και του είναι τους από μια δική μου ενέργεια... μαγική! Και τώρα πια θα την έχουν! Γιατί κατάλαβα ποια θα πρέπει να είναι! Γιατί αποφάσισα να το πάρω όλο πάνω μου πλέον το θέμα... Δεν θα βουλιάξουμε και εμείς μαζί με όλα τα σκατά τους! Δεν θα ακούσουμε ποτέ μουσική που δεν μας αντιπροσωπεύει! Δεν θα παρακολουθήσουμε ξανά ειδήσεις που μας κάνουνε να ξερνάμε! Δεν θα υποκλιθούμε σε κανένα αφεντικό με χαμηλότερο I.Q. από το δικό μας! Δεν θα χειροκροτήσουμε καμία παράσταση που οι ερμηνευτές της θα ήτανε για πέταμα! Δεν θα κάνουμε πια πλούσιο κανένα ιδιοκτήτη καφετέριας! Ποτέ δε θα φιλήσουμε το χέρι ενός τραγόπαπα, ούτε θα σεβαστούμε παρομοίως κάποιον που δε θα έχει πρώτα κερδίσει τον σεβασμό μας! Δεν θα γίνουμε κομμάτι της παρακμής! Δεν θα μας πείσουνε ποτέ οι διαφημίσεις! Δεν θα κολλήσουμε ποτέ στην τηλεόραση, ούτε θα πιστέψουμε καμία προπαγάνδα! Δεν θα βγάλουμε τον σκασμό! Δεν θα ντυνόμαστε όπως θέλουν! Δεν θα κουρευόμαστε όπως θέλουν και δεν θα ξαναβγάλουμε τα σκουλαρίκια μας! Δεν θα ξαναφοβηθούμε! Δεν θα ξανατρομάξουμε! Δεν θα γυρίσουμε ποτέ την πλάτη σε κάποιον που μας χρειάζεται και δεν θα χαμηλώσουμε το κεφάλι μπροστά σε καμία απολογία!!! Μα... πάνω από όλα... ΔΕΝ ΘΑ ΞΑΝΑΜΕΙΝΟΥΜΕ ΠΟΤΕ ΠΙΑ ΜΟΝΟΙ ΜΑΣ!!! Με τη θλίψη να μας τρώει, τη μιζέρια να μας χαρακτηρίζει, την κατάθλιψη να μας αργοσκοτώνει και την τρέλα να μας εξαντλεί!!!

Αντίδοτο στη μοναξιά ήρθα να προσφέρω! Στον κάθε ένα σιωπηλό επαναστάτη της συνείδησής του... στον κάθε μοναχικό δημιουργό ενός ταλαντούχου είδους που πάει να αφανιστεί... στον κάθε υπέρμαχο πολεμιστή και υπερασπιζόμενο των... υψηλών ιδανικών του!!!

ΥΛΟΠΟΙΗΣΗ λοιπόν!

Προχωρήστε!

ΥΛΟΠΟΙΗΣΗ!

Προσχωρήστε!!!

ΣΑΝ ΦΙΛΤΡΟ ΤΟΥ ΚΑΦΕ

Προσπαθώ να ξεκινήσω, κι έχω πολλά να πω
για ένα διαχωρισμό που 'χω κάνει από καιρό
ψάχνω γύρω μου να βρω το κατάλληλο σημάδι
μα 'ναι δύσκολο κι αυτό, σου το κρύβουνε οι άλλοι.
Με πήρανε χαμπάρι, δε μ' αφήνουνε μονάχη,
νομίζουν πως θα πάρουν από μένα όλοι κάτι
μα είναι αλήθεια πως δεν έχω, άλλο τίποτα να δώσω
το τομάρι μου να σώσω πρέπει και να τη γλιτώσω.
Τόσα χρόνια, τόσο ξύλο, τόσα φίμωτρα στο στόμα,
είναι θαύμα ρε σου λέω, πως είμαι εδώ ακόμα!
Η ψυχή μου τα κατάφερε, τη γλίτωσε φτηνά,
μα πονά όλο μου το σώμα, δεν αντέχει άλλο πιά
Από μένα λοιπόν, δεν ξέρω τι ζητάνε,
είδαν κουράγιο, δύναμη, κι αρχίσαν να ρουφάνε
καλαμάκι η αντοχή μου και την πίνουν σαν καφέ
γιατί μόνοι τους δεν ξέρουν να χτυπάν ένα φραπέ!
Μα κρύβω ένα μυστήριο, τους ρίχνω δηλητήριο
κι άμα θέλουν να με φτάσουν, ας ζήσουν το μαρτύριο
Δεν είναι απλά τα πράγματα, όσο απλά κι αν δείχνουν
τριγύρω που παράξενα μυστήρια με καλύπτουν.
Κι όποιος με πλησιάζει, να ξέρει πως ρισκάρει,
νομίζοντας πως φεύγοντας, κάτι καλό θα πάρει.
Μπορεί να φύγει τρέχοντας, μπορεί κυνηγημένος,
μπορεί και να τρομάξει και να φύγει φοβισμένος.
Μπορεί από την άλλη να μη φύγει και ποτέ,
μα εγώ θα την ορίσω την ώρα του καφέ.
Εγώ θα ορίζω τις στιγμές που θα περνώ μαζί σου
με το ζόρι δεν κολλάω ούτε λεπτό ρε στην ζωή σου
κι αν πεις καμιά κουβέντα και μου κάτσει και στραβά

θα φουντώσει η φωτιά και δε θα με δεις ξανά
θα τραβήξω για να βρω τους λίγους τους δικούς μου
και δε θα αφήσω γύρω σου τους συμβιβασμούς μου.
Κι αν δε θέλω να σε δω, μην κάτσεις να με περιμένεις
το χρόνο χάνεις άδικα, όσο κι αν υπομένεις
ποτέ δε θα με μάθεις, όσο και αν προσπαθείς
το μεδούλι της ζωής μου, δε θα πιείς, δε θα γευτείς.
Το κρατάω να το δώσω, εκεί πέρα που θ' αξίζει
κι έχει μάθει η ψυχή μου καλά να ξεχωρίζει
Ποιοι ήρθαν για να πάρουνε και τί έχουν για να δώσουν
Κι αυτοί που θα σε προδώσουνε ξανά δε θα γλιτώσουν
Κοντά μου και τριγύρω μου, μόνο οι εκλεκτοί
οι άλλοι είναι περίσσευμα, περιστασιακοί
κι ας θέλουν να τρυπώσουν, εγώ δεν τους αφήνω
όσο κι αν μου πεισμώσουν πάλι έξω θα ξεμείνουν,
θα βρουν κλειστή την πόρτα, προτού καλά χτυπήσουν,
και πρέπει να αξίζουνε για να με κερδίσουν!

ΑΔΙΑΦΟΡΙΑ
(Η ΧΕΙΡΟΤΕΡΗ ΠΡΟΔΟΣΙΑ)

Συνεχίζω να μετράω άτομα... Από χίλια κανάλια τους περνάω μέχρι να φτάσω σε μια διαπίστωση... μέχρι να πάρουν το δικό μου, το ζόρικο Ο.Κ!

Σε μια τελευταία περίπτωση, τελικά ανακάλυψα πως είχα βιαστεί να βγάλω συμπεράσματα. Ευτυχώς όμως το τελευταίο crash test με επιβεβαίωσε πλέον για μια υποψία που μου είχε δημιουργηθεί ασυνείδητα από αρκετά πιο παλιά, όσο είχε να κάνει με το συγκεκριμένο πρόσωπο... Οπότε έγκυρα πλέον φαντάζομαι απέκοψα τη μονάδα του από τις ενδο-υπηρεσιακές μας λειτουργίες...

Και ακόμα περισσότερο, για να το πάω ακόμα πιο μακριά... ως έμπειρος πλέον κοινωνικός μηχανικός, θα χρησιμοποιήσω την πηγή αντίστροφα, για εισερχόμενες μόνο πληροφορίες... και μάλιστα χωρίς να του το γνωστοποιήσω πως διακόπηκε η ροή της εξερχόμενης ανοικτής του πρόσβασης στα δικά μας αρχεία!

Η αδιαφορία ήτανε το κουμπί. Το τελευταίο κουμπί του προγράμματος που πάτησα ώστε να ξεκινήσει η αναζήτηση και να εντοπιστεί όντως η αδυναμία που ενώ θα περνούσε από πολλούς ως ασήμαντη λεπτομέρεια, για εμένα είναι κύρια και σπουδαία... Εσχάτη προδοσία θεωρώ την απάθεια της στάσης του! Και έτσι απλά μένει απ’ έξω από εδώ και πέρα!

Τελευταία φορά που μοιράζομαι σκέψεις χωρίς να βρίσκουν αντίκρισμα οι κουβέντες μου! Γιατί το ξέρω πολύ καλά πως αυτά που έχω να πω είναι πράγματα που μετράνε!

Χωρίς να είμαι ποτέ τόσο εγωπαθής που να θεωρήσω τον εαυτό μου σπουδαίο... τα λόγια αυτά τα παραπάνω σχετικά με τον τρόπο σκέψης μου τα έχουνε αναφέρει άλλοι... πολλοί και κατ'επανάληψη!

Αυτούς μόνο εμπιστεύομαι και σε άλλους δεν μιλάω!

Είναι ορισμένοι τόσο πολύ εθισμένοι στη σωματική ικανοποίηση που ξεχνάνε να χρησιμοποιούν τις εγκεφαλικές τους λειτουργίες... Με αυτούς για παράδειγμα τι θα είχα ποτέ να πω; Το σώμα, όσο αναγκαίο κι αν είναι να το φροντίζουμε και να το χρησιμοποιούμε στην καθημερινή μας ζωή... αργά ή γρήγορα έρχεται η στιγμή που διασκορπίζεται σαν στάχτη στον αέρα, σαν βροχή που πέφτει και γίνεται ένα με τη θάλασσα... Αν κάτι είναι αυτό που έχει παραμείνει στις ψυχές της ανθρωπότητας μέσα σε όλους αυτούς τους αιώνες, είναι η πνευματική κληρονομιά των προγενέστερων μας και όχι η σωματική τους λάμψη ή ομορφιά βεβαίως... Δεν είναι τελικά έτσι...; Και όμως... η καπιταλιστική μας κοινωνία με τη σημερινή της αηδιαστική μορφή, κάθε άλλο παρά έναν παρόμοιο τρόπο σκέψης ενισχύει... Λες και κάποιος συνωμοτεί πίσω από όλα αυτά και στοχεύει ώστε οι επόμενες μάζες γενεών να εξελιχτούν ακόμα πιο πολύ νεκρωμένες εγκεφαλικά από τις σημερινές δικές μας κατάντιες... Τι κληρονομιά θα έχουμε να τους αφήσουμε από το έτος μας και μετά, εκτός ίσως από μερικές καταστροφικές, ειδησεογραφικές εξελίξεις...;

Μοντέρνοι καιροί... εγώ αλλιώς τους φαντάστηκα! Για αυτό καθώς όλοι ζούνε τις ίδιες χρονολογίες με τις δικές μου εγώ βρίσκομαι κάπου πιο μπροστά από όλους τους υπόλοιπους... στο περιθώριο της ονειρικής πλάσης ακόμα, μέσα σε μια μετα-μοντέρνα ακτίνα που μπορεί να μου προσφέρει ακόμα τη γλυκιά προσμονή...

Και τη χτίζω μόνη μου γύρω μου αυτή την κοινωνία... Διαλέγοντας ή απορρίπτοντας τους μελλοντικούς μου συμμάχους... Και μόνο η πιθανότητα όμως ότι μπορεί να αποκτήσω στην πορεία και κανένα σύμμαχο με παρηγορεί... με καθησυχάζει...

ΑΠΟΜΑΚΡΥΝΣΗ

Τα καταφέρανε οι πράκτορες και μας απομονώσανε... Ούτε τον Μογο μπορούσα να έχω κοντά μου πλέον, ούτε τον Michelangelo... Κανέναν επίσης από τους πιο παλιούς μου συμμάχους.

Μετά από την κατάρρευση της τελευταίας μας αποστολής, ο ένας από τους δυο βρέθηκε στα χέρια των πιο σκληρών ανακριτικών αρχών, ο άλλος έπεσε σε μια ισχυρότατου τύπου μανιοκατάθλιψη, χωρίς πλέον την ενέργεια ή τη δύναμη να εξωτερικεύσει καν τα οργισμένα συναισθήματά του και εγώ... Κλεισμένη σε ανώτατο ψυχιατρικό ίδρυμα για άλλη μια φορά, δεμένη με λουριά σε ένα κρεβάτι, ώστε να μην μπορώ ούτε να δακτυλογραφήσω... που και να μπορούσα δεν θα ήταν ύστερα εφικτό να βρω ούτε μια πρόσβαση σε κάποιον υπολογιστή από εκεί μέσα που βρισκόμουν.

Αυτά ήτανε τα αντίποινα, όπως το είχα πει ακριβώς... Υπαρκτά! Όλα όσα κάναμε τον τελευταίο καιρό, ο τρόπος που κινούμασταν ήταν άκρως ριψοκίνδυνος... και τώρα, μετά από τόσους μήνες ταλαιπωρίας ήμασταν ξανά ελεύθεροι, αν και απομακρυσμένοι για τα καλά πλέον ο ένας από τον άλλο...

Είχαν καταφέρει να διαλύσουν την πιο ισχυρή μας ασπίδα. Την ισχύ που είχαμε δημιουργήσει διασταυρώνοντας τις δυνάμεις μας... Τη μαγεία που κυριαρχούσε σε όλες μας τις συναντήσεις. Τη μοναδική επικοινωνιακή διάσταση που είχαμε καταφέρει να αναπτύξουμε μεταξύ μας. Είχαμε φτάσει σε άλλο επίπεδο πλέον... Πολύ πιο ανεβασμένο από όλα τα υπόλοιπα πρότυπα και standard του κάθε κοινού ανθρώπου...

Κυνηγούσαμε την ελεύθερη ζωή, την αποδέσμευση, τη ειλικρίνεια... Την αληθινή έκφραση, και έναν τρόπο μοναδικό ώστε να τα μοιραζόμαστε όλα αυτά μεταξύ μας και το είχαμε καταφέρει.!!! Είχαμε καταφέρει να βρούμε πολλά από όλα εκείνα που αποζητούσαμε... Καθώς επίσης και να ζούμε με τον τρόπο εκείνο τον οποίο εμείς είχαμε επιλέξει... Προσπαθώντας να τον μεταδώσουμε και σε άλλους στη συνέχεια...

Αλλιώς να βρούμε τους ελάχιστους εκείνους που ίσως από μόνοι τους επίσης να ψάχναν κάτι τέτοιο στη ζωή τους... Κάποια εναλλακτική άποψη της πραγματικότητας γύρω τους, κάποια διαφορετική οπτική γωνία παρατήρησης των γεγονότων... Κάποια ίσως καινούρια προσέγγιση της ζωής της ίδιας...

Με μεγαλύτερο ενθουσιασμό, μεγαλύτερο αυθορμητισμό, μεγαλύτερο προβληματισμό, μεγαλύτερη ευαισθησία...

Τα είχαμε πετύχει όλα αυτά! Πραγματικά τα είχαμε καταφέρει... Μέχρι που μας πιάσανε... Μας καταλάβανε και μας πιάσανε, ακριβώς την ώρα απάνω που βρισκόμασταν στο αποκορύφωμα της ολοκλήρωσης μιας τρομερά σπουδαίας αποστολής, που θα μας έφερνε ένα βήμα ακόμα πιο κοντά όλους εμάς μεταξύ μας και θα έκανε τον μικρό μας κύκλο να κλείσει με τις πιο σωστές και κατάλληλες γνωριμίες... Μας πήρανε χαμπάρι. Μας εντοπίσανε και ξεσκεπάσανε τους κωδικούς μας. Τον καθένα μας ξεχωριστά. Με σκληρό πέσιμο... Μας δέσανε...

Μετά τη συνάντηση που είχα με τον Michelangelo εκείνο το βράδυ που οι συντεταγμένες του χρόνου δε μας επέτρεψαν να πραγματοποιήσουμε τον κοινό σκοπό της συνεύρεσης μας, όλα άρχισαν να πηγαίνουν απελπιστικά στραβά... Το ένα μετά το άλλο, όλα μας τα μυστικά άρχισαν να φανερώνονται χωρίς να είμαστε σε θέση πλέον να τα κρατάμε διασφαλισμένα. Όλες μας οι συναντήσεις παρακολουθούνταν και υπήρχε διαρκώς μια ύποπτη σκιά πίσω από κάθε μας βήμα ή κάθε μας σχέδιο σχετικά με τις επόμενες κινήσεις και δραστηριότητές μας...

Παντού πράκτορες τριγύρω μου, κάθε φορά που επιχειρούσα να εγκαταλείψω την περιοχή μας και να ανοιχτώ λίγο πιο μακριά για τις ανάγκες κάποιας αποστολής. Είχα παράλληλα με όλα αυτά και έναν προσωπικό, πολύ επικίνδυνο πράκτορα να αντιμετωπίζω κάθε μέρα... Ήταν εκείνος που λίγο έλειψε να απειλήσει μέχρι και τη ζωή μου, με την τρελή του εμμονή να μάθει και να ανακαλύψει ολόκληρο τον τρόπο δράσης μας, καθώς επίσης και να συνειδητοποιήσει το μέγεθος της αντίληψής μας και την πηγή της έμπνευσής μας, που μας καθιστούσε μοναδικούς συνεχιστές του είδους μας...

Εκείνος ειδικά λυσσούσε για πληροφορίες... Ήταν μανιασμένος μαζί μου. Ήθελε να μάθει όλα μου τα μυστικά, ήθελε να ρουφήξει από μέσα μου όλη τη μαγική ενέργεια όλο μου τον αυθορμητισμό, τον ερωτισμό, την ψυχή μου ολόκληρη.. Όλο το εγώ μου... Και τα κατάφερε. Μέχρι ένα βαθμό. Παρόλο που στην αρχή πίστεψα και νόμισα πως δεν ήταν και τόσο βλαβερός ως ιός προγράμματος και πως σίγουρα εμείς θα είχαμε τη δύναμη και τη γνώση ώστε να τον αντιμετωπίσουμε...

Κι όμως... εισχώρησε μέσα στο πρόγραμμά μου και κατάφερε να το αντιγράψει ολόκληρο... Με καλυμμένες καλωδιώσεις και υπερσύγχρονα αντιγραφικά προγράμματα... Στη συνέχεια, εννοείται το παρέδωσε στις αρχές, ακριβώς όπως ήταν! Καταδίδοντας εμένα μαζί με τον Μογο και όλους τους υπόλοιπους, εννοείται...

Με κατηγορία πως ψάχναμε και διερευνούσαμε τρόπους διαφυγής από την παραπλάνηση του Matrix, κηρύσσοντας έναν ανελέητο πόλεμο ενάντια σε αυτό!!!

Εισέβαλε στο χώρο μου, εισέβαλε στα αρχεία μου, εισέβαλε και στην προσωπική μου ζωή. Ακόμα και μέσα στο ψυχιατρείο δε με άφηνε ήσυχη... Όταν μου λύσανε τα χέρια και ήρθε εκείνη η στιγμή να με αποδεσμεύσουν από την απομόνωση, έπιασα χαρτί και στυλό αντί για το πληκτρολόγιο και άρχισα να γράφω πάλι και να συνεχίζω να δουλεύω υπηρετώντας τον κοινό σκοπό μας... Ακόμα και τότε...

Όλα μου τα κείμενα πέσανε στα χέρια του... Επιβαρύνοντας τη θέση μου, ειδικά εκεί μέσα που βρισκόμουν...

Ο Michelangelo από την άλλη βρισκόταν σε ακόμα πιο δύσκολη φάση... Κλειδωμένος με τόσους πολλούς περιοριστικούς όρους που δεν θα μπορούσε ούτε καν να φανταστεί κανείς... Έτσι πήγαινε... Όσο πιο κοντά στην κορυφή της ομάδας βρισκόμασταν, τόσο πιο σκληρά την πληρώναμε μετά... Εκείνον, τον αγαπημένο μου, ποτέ δεν τον ξαναείδα. Ποτέ δεν έμαθα τίποτα για αυτόν... Χαθήκαμε και εξαφανιστήκαμε και το μοναδικό πράγμα που μας απόμεινε ήταν τα προσωπικά αντικείμενα που είχαμε ανταλλάξει μεταξύ μας και η γλυκιά εκείνη ανάμνηση της τολμηρής συνάντησης που είχαμε... Της μοναδικής στιγμής εκείνης που κρατήσαμε ο ένας το χέρι του άλλου και μου ψιθύρισε στο αυτί να μη φοβάμαι για τίποτα...

Είχα μείνει μόνη μου όμως... και φοβόμουνα... για πολλά πράγματα... Για όλους εμάς... Για τη συνέχεια και την εξέλιξη της ζωής μας τώρα πια που εκείνο που τολμήσαμε είχε πλέον καταστραφεί... Και πάνω από όλα ήτανε το πνεύμα μας που βρισκότανε υπό την μεγαλύτερη απειλή! Γιατί το ένιωθα και εγώ! Όπως είμαι σίγουρη πως θα το ένιωθε και ο Μογο... Χάναμε τον εαυτό μας... Προσπαθούσαμε να κρατηθούμε από μια ανάμνηση του κάποτε κάτι ήμασταν... όμως αυτό δεν έφτανε! Δεν ήμασταν ακόμα έτοιμοι να τη δεχτούμε την ήττα μας. Να αποχωριστούμε τα αδέλφια μας... Να σκιστεί το πνεύμα από μέσα μας και να απομακρυνθεί από κοντά μας... Μας εγκατέλειπε... η δύναμη... η αναπνοή μας, η σκέψη μας... Μας εγκατέλειπε...

Χαμένοι μεταξύ μας, ψάχναμε μανιωδώς κάποιον τρόπο για να συγκρατήσουμε ακόμα ζωντανό το πνεύμα μας... Μετά από τόσες ταλαιπωρίες... Για άλλη μια φορά, τόσες ταραχές. Τόσο μεγάλο προσωπικό εξευτελισμό και μαρτύριο. Μέχρι να καταφέρουν να συγκεντρώσουν όλα τα στοιχεία και τις πληροφορίες που έψαχναν και προσπαθούσαν από καιρό να κατασχέσουν... Οι ασυμβίβαστοι! Οι απροσάρμοστοι! Εμείς!!!

Εμείς που αμφισβητούσαμε τα πάντα γύρω μας! Που δεν υιοθετούσαμε τίποτα χωρίς να το επιδοκιμάσουμε πρώτα...

Ατελείωτες ώρες μοναξιάς τώρα περίμεναν τον καθένα μας ξεχωριστά... Στιγμές αποζήτησης αυτού που είχαμε... Αναμνήσεις που κανένας μας δε θα άφηνε να ξεθωριάσουνε... Σκηνικά που κάνουνε την καρδιά μου να χτυπάει ακόμα τόσο γρήγορα... Δυνατά... Με ένα πείσμα και μια υπόσχεση μαζί μέσα μου... Ακόμα και εδώ! Απομακρυσμένη από τους υπόλοιπους που βρίσκομαι... Θα τα φτιάξω ξανά! Όλα από την αρχή... Το πείσμα! Να μην αφήσω το πνεύμα μου να χαθεί...

Να μη γίνω ποτέ σαν όλους εσάς που επιχειρήσατε να μας βγάλετε από τη μέση...!!!

BLOCK!!!

Προσπαθούσαμε εδώ και τόσο καιρό να σπάμε το διανοητικό εμπάργκο... Να κυκλοφορούμε και να ζούμε ανεπηρέαστοι από όλα αυτά που καθημερινός επηρεάζουν το σύστημα και το κάνουν να κινείται και να αναπτύσσεται κατά τέτοιο τρόπο...

Νομίζαμε πως ήμασταν διαφορετικοί... πως κάναμε κάτι το διαφορετικό... ή πως τουλάχιστον ο σκοπός μας ήταν διαφορετικός...

Κι όμως... βρήκα τον εαυτό μου να ζει και να βιώνει πάλι από την αρχή όλα αυτά τα οποία μίσησα σε τέτοιο βαθμό, όλα εκείνα που με κάναν να τους γυρίσω αποφασιστικά την πλάτη και είχα αποπειραθεί να τα διαγράψω για πάντα από τη ζωή μου... Τα ξαναζούσα τώρα... πράγματα και καταστάσεις που δεν είχα ποτέ φανταστεί πως θα ξαναπερνούσα... Έφαγα και εγώ το block... Και δεν ήταν καθόλου ευχάριστο, καθόλου εύκολο επίσης να αποφευχθεί...

Αλλά δε θα έπεφτα τόσο εύκολα... Είχα ήδη αρχίσει να προετοιμάζω μέσα στο μυαλό μου τον επόμενό μου προορισμό... Ήταν άλλη μια μεγάλη και τεράστια πρωτεύουσα... Γιατί με τίποτα δεν θα καθόμουν με σταυρωμένα τα χέρια, να υποκύψω σε μια μικροαστική και ψόφια ζωή, μακριά από το περιθώριο της μεγαλούπολης, όπου όλοι οι μεγάλοι καλλιτέχνες μαζεύονται και αλληλομεταδίδουν τις γνώσεις τους και τη νοοτροπία τους... Θα πήγαινα στα τυφλά πάλι... με δεμένα τα μάτια... να βρω το πεπρωμένο μου... να βρω για άλλη μια φορά τη χαμένη μου ελευθερία, τον ασταμάτητο αυθορμητισμό μου και όλες τις μαγικές μου ικανότητες...

Μέχρι τότε όμως θα περνούσε καιρός ακόμα... Καιρός ζόρικος... με τη βία συσσωρευμένος και αναπάντεχα στοιβαγμένος μέσα σε ένα από τα χαοτικά κενά της ζωής μου... Με την έλλειψη της έμπνευσης να με καταδικάζει σε μια περίοδο άνευ δημιουργίας... Με την ανάμνηση των φίλων μου και των δικών μου ανθρώπων να με πονάει και να με κάνει να υποκύπτω κατά πολύ στην μιζέρια... Αυτό ήτανε το block που φάγαμε. Όλοι μαζί, δεν ήμουνα η μόνη που το περνούσα αυτό και το γνώριζα πολύ καλά... Και έπρεπε ο καθένας να το καταπολεμήσει μοναχός του... Έπρεπε ο καθένας μόνος του να συνεχίσει, με όποιον τρόπο μπορούσε σε αυτό το ταξίδι...επιβιώνοντας με δυσκολία πλέον μέσα στην κοινότυπη, αυστηρή και σκληρή κοινωνία...

Το μόνο που μπορούσα να κάνω ήταν να συνεχίσω να ψάχνω για τα καινούρια άτομα που θα πλαισίωναν τον κύκλο μου.. χρειαζόμουν να βρω τους συναγωνιστές μου για άλλη μια φορά και να δημιουργήσω πάλι έναν μοναδικό χώρο, μόνο για εμάς, για να μαζευόμαστε και να ανταλλάζουμε τις ιδέες μας, δίνοντας τροφή σκέψης και κουράγιο ο ένας στον άλλο... Όλοι με το όνειρο ακόμα χαραγμένο μέσα μας, κάποια μέρα να φύγουμε μακριά... προς το δικό μας άστρο, προς τον απόλυτο προορισμό με τις συνθήκες μιας ιδανικής συμβίωσης, κάπου σε κάποιο μακρινό γαλαξία...

ΜΗ ΔΕΙΛΙΑΣΕΙΣ

Πολεμάς για μια ζωή να συνεχίσεις να υπάρχεις

αντλείς κουράγιο από όπου βρεις μα σου γκρεμίζουν ότι φτιάχνεις

προσπαθείς να βγεις μπροστά μα σε θέλουν να βουλιάξεις

και δεν φτάνει η μαγκιά τον κόσμο γύρω σου να αλλάξεις

τα χτυπήματα πολλά όταν πας να αντιδράσεις

θα σε χώσουν μέσα για τα καλά πριν προλάβεις να ξεσπάσεις...

είναι απλό, βρομάς για αυτούς μια ανθρωπιά και στα λόγια και στις πράξεις

και εγώ σε ακολουθώ γιατί μπορείς να με διδάξεις

μόνο εσύ μπορείς να με προφυλάξεις

την ψυχή μου αληθινή να την διαφυλάξεις

σε ακούω κάθε φορά όταν πας να ουρλιάξεις

ξυπνάει μέσα μου φωτιά τα δεσμά όταν πας να σπάσεις

δίπλα σου θα μαι σαν σκιά το παρόν να ξεγελάσεις

και για άλλη μια φορά τα ζοριλίκια να διαγράψεις

την αδικία να αλλάξεις και στα λόγια και στις πράξεις

πουθενά μη σταματάς μη σε κάνουν να δειλιάσεις

δεν θα σαι μόνος σου ποτέ και αυτό μη το ξεχάσεις!!!!!

2010

ΔΥΣΠΙΣΤΙΑ ΚΑΙ ΑΓΧΟΣ

Δυσπιστία και άγχος για μία φορά ακόμα με πιάνει

μιας και νιώθω τη ζωή μου βυθισμένη σε μία πλάνη

χωρίς το φως το αληθινό στα γεγονότα μπροστά

διχασμένο κάθε βήμα σε κομματικά συμφέροντα

και για άλλη μια φορά επιπλέω χωρίς πάτο

οι συνθήκες γύρω μας σκληρές βυθισμένα όνειρα στον
βάλτο

το σωστό ή το καλό δείχνει πια να μην υπάρχει

και δεν έχω καν ιδέα για ποιόν να ρίξω κάλπη

για ακόμα μια φορά αυτό το κράτος διαλυμένο από τα
λάθη

πόλεμος οικονομικός χωρίς να βρίσκεις άκρη

μονάχα τριγύρω μου συμφέροντα πολιτικά

κανείς δεν δίνει δεκάρα για αυτούς που φωνάζουν δυνατά

εκείνους που θέλουν και ελπίζουνε για μία καινούργια
μέρα

μα ποιος είσαι πιά εσύ σκάσε και σβήσε εδώ πέρα

κι ας μην σου κάνουν κι ας μην σου καίγεται καρφί για
όλους αυτούς

τους δήθεν τους διαπλεκόμενους και τους ανώτερους

θα τους έχεις θες δεν θες σαν αρχηγούς

δεν σε αφήνουνε να κάνεις και αλλιώς χωρίς αυτούς

μένεις στην τύχη δεν έχεις και άλλη επιλογή...

να σαπίσεις μονάχος ή να γκρεμίσεις την βουλή

και γεμάτος οργή το πνεύμα να έχει ξεφύγει

ψάχνεις να βρεις διέξοδο έστω και κάποιος να έχει μείνει...

με παλιά ιδανικά χαραγμένα στο κούτελό του

μια μικρή παρηγοριά για τον εξαθλιωμένο εαυτό του.

Τελεία εδώ βάζω και δίνω παύση σε όλα αυτά και σηκώνω πια τα χέρια αδιάφορα ξανά...

δεν εκφράζετε ούτε καν σε μυριοστά εκατοστά τα όνειρα που χτίζαμε ζωντανά κι αληθινά

γυρνάω την πλάτη και πια δεν έχω να κάνω

με παιχνίδια συμφεροντολογικά για να νιώσετε υπεράνω...

ΕΠΑΝΕΚΚΙΝΗΣΗ

Ολική επαναφορά... κάτι για το οποίο μονάχα ζούσα......

ΕΠΑΝΕΚΚΙΝΗΣΗ ΣΕ FULL ΕΦΑΡΜΟΓΗ

Το κινητό έσβησε, αλλά όχι από μπαταρία, γνωρίζοντας η ίδια πως το είχα μόλις φορτίσει, αλλά από μόνο του έτσι στα ξαφνικά...

Πριν αρχίσω να τρέμω από φόβο και άγχος σχετικά με το τι μπορούσε στη συνέχεια να συμβεί, έτρεξα στον υπολογιστή. Το μόνο που πρόλαβα όμως να κάνω ήταν να ρίξω μια γρήγορη ματιά στο screen saver, γιατί μετά... έπεσε το internet, έσβησε το modem, αλλά κυρίως, μαζί με αυτό, έσβησε εντελώς και η οθόνη και εξαπλώθηκε παντού μέσα στο σπίτι το blackout, το δεύτερο και πιο απότομο από εκείνο που είχα βιώσει τότε το 2004... τη χρονιά που συνάντησα τον Μόγο, μέσα στο ισόγειο διαμέρισμα μου τότε... κάπου στα Εξάρχεια.

Ανοίγοντας την κεντρική πόρτα του σπιτιού όμως ανακάλυψα πως όλα τα κεντρικά φώτα της πολυκατοικίας ήταν αναμμένα και για μια στιγμή ηρέμησα, νομίζοντας πως απλά έπεσαν οι ασφάλειες... και όμως, κάτι διαφορετικό είχε συμβεί. Γιατί όλα τα φώτα μέσα και ο υπολογιστής μαζί με το κινητό ξανάνοιξαν στιγμιαία, για ένα μόνο δευτερόλεπτο, για να ξανασβήσουν μετά και ύστερα ξανά και πάλι, σαν πολύχρωμα λαμπάκια Χριστουγέννων!

Το συναίσθημα συνοδευόμενο από τη σκέψη πέρασαν από την ψυχή και το μυαλό μου. Ήταν προειδοποιητικά σημάδια όλα αυτά, ήταν σημάδια πως ερχότανε...

ΕΚΕΙΝΟΣ!!!

Για μια στιγμή σκέφτηκα πως, δεν ήταν δυνατόν, πως μετά από 10 ακριβώς χρόνια θα ήταν αδύνατο να με εντοπίσει πάλι, μετά από τόσες αλλαγές κατοικίας από σπίτι σε σπίτι, από πόλη σε πόλη, από χώρα σε χώρα, αλλά και αλλαγή της ίδιας της εμφάνισής μου πλέον, πώς μπόρεσε να με ξαναβρεί; Κυκλοφορώ και μοιάζω πλέον με όλους τους υπόλοιπους συμπολίτες μου, δεν έχω ούτε σκουλαρίκια, ούτε ξυρισμένα μαλλιά, ποιος με αναγνώρισε και τον πληροφόρησε για το πού... ζούσα;; Για το πώς ζούσα; Για το πόσο καταπιεζόμουν μονάχη χωρίς τους συμμάχους μου;; Για το πόσο απεγνωσμένα προσπαθούσα και ουσιαστικά υπέφερα μέχρι να ξαναβρώ τις χαμένες μου δυνάμεις. Αλλά αμέσως μετά μου ήρθε στο μυαλό η δημοσίευση των στίχων μου από έναν παλιό φίλο που τους ανέβασε στο internet στο ηλεκτρονικό του περιοδικό μόλις την προηγούμενη βδομάδα! Αμέσως ξεχείλισα από συναισθήματα χαράς! Ήξερα πως αυτός που με ξαναβρήκε δεν ήταν σίγουρα κάποιος επικίνδυνος πράκτορας, αλλά ήταν ο... Μογο!!!

Τα κατάφερε τελικά! Ξαναβρήκε πρόσβαση!! Με έψαξε διαδικτυακά και με πέτυχε αναγνωρίζοντας τους στίχους μου και τον υπολογιστή από τον οποίο προήλθαν και εμφανίστηκαν αναρτημένοι!!

Δεν πρόλαβα να συνειδητοποιήσω το μέγεθος της χαράς μου και αμέσως άκουσα το θυροτηλέφωνο να χτυπάει συνθηματικά... Δε χρειάστηκε καν να μιλήσω και να ρωτήσω ποιος είναι! Άνοιξα αμέσως!! Περίμενα όμως πίσω από την πόρτα τρέμοντας, γιατί υπήρχε πάντα η περίπτωση να εμφανίζονταν πράκτορες των ειδικών δυνάμεων από πίσω του και να τον έχουν καταναγκάσει να με... "δώσει" και εμένα.. Πήρα μια βαθιά ανάσα και άνοιξα την εξώπορτα αφού πρώτα αφουγκράστηκα μόνο βήματα ενός ανθρώπου να πλησιάζουν στον όροφό μου. Τον έπιασα με μια γρήγορη κίνηση και τον τράβηξα μέσα στο μικρό σκοτεινό διαμέρισμα, ξανακλειδώνοντας γρήγορα την πόρτα από πίσω του. Ήταν ολοσκότεινα μέσα στο σπίτι τις προχωρημένες ώρες της περίεργης εκείνης νύχτας και είχα σαστίσει τόσο πολύ που δεν είχα προλάβει να ανάψω ούτε καν ένα κερί... Τελικά έπιασα στα γρήγορα έναν αναπτήρα και φώτισα αμέσως προς το μέρος του...

Wanda?? με ρώτησε. Είσαι στα αλήθεια εσύ?

Αφού δεν θα έκανες ποτέ σου λάθος... άφησα ίχνη ρισκάροντας online και να που τελικά με βρήκες!!

Έδειχνε να μη με αναγνωρίζει, αλλά ήμουνα σίγουρα αγνώριστη από το όπως ήμουνα πριν από 10 ακριβώς χρόνια. Έπρεπε να του εξηγήσω... τόσα πολλά να του εξηγήσω...

Το σύστημα, είπα δειλά, με γονάτισε κάτω, βρισκόμουν σε πλήρη απομόνωση όλα αυτά τα χρόνια και κανείς δεν ήθελε να με ξέρει. Αποτελούσα στόχο από μόνη μου κάθε φορά που έβγαινα έξω στο MATRIX. Δεν ήτανε μόνο μια η φορά που με δέσανε και με ανακρίνανε και μετά με ρίξανε μέσα στην απομόνωση θεωρώντας επικίνδυνο τον τρόπο σκέψης μου και το εγκεφαλικό μου λειτουργικό... έχασα χωρίς εσάς κάθε κουράγιο, και έτσι αφομοιώθηκα, έγινα νεκρή σαν τις υπόλοιπες εγκεφαλικά νεκρές μάζες πληθυσμών, μόνο και μόνο για να καταφέρνω να περνώ απαρατήρητη ανάμεσα στους τρισδιαστατικούς πράκτορες και να με αφήνουν ήσυχη οι ανακριτικές ομάδες...

Εκείνος αντέδρασε αμέσως σε ότι του είπα και μου είπε πως είχε έρθει καιρός να κάνουμε κάτι για αυτό.. όπως μου είπε μάλιστα... "Τώρα θέλουμε να μας βρίσκουν, όχι εκείνοι όμως, αλλά όλοι οι υπόλοιποι που θα θέλουμε και εμείς οι ίδιοι να μπορούν να μας αναγνωρίζουν και να μας προσεγγίζουν για να γίνει δυνατή η ανασύσταση της ομάδας μας!!!" Και συνέχισε λέγοντας πως εάν δεν είχα αναρτήσει τους στίχους μου στο διαδίκτυο ακόμα θα με έψαχνε στα χαμένα...

Ξυραφάκι?? με ρώτησε και αμέσως χαμογέλασα!!

Άναψε κεριά να βλέπεις τι κάνεις και έρχομαι αμέσως!! Ανταποκρίθηκα.

Πήγαμε στο μπάνιο όπου μου ξύρισε προσεκτικά το κρανίο στα πλαϊνά του αφήνοντας τα υπόλοιπα μαλλιά μου να πέφτουνε στο πίσω μέρος έτσι μακριά όπως ήταν από πριν. Καθώς άλλαζε η όψη μου στον καθρέπτη μπροστά μου, το χαμόγελό μου απλωνόταν όλο και περισσότερο και ήμουν σε θέση πλέον να αναγνωρίσω και να ξαναθυμηθώ τον παλιό, δυνατό και απελευθερωμένο εαυτό μου μπροστά στα μάτια μου. Ήμασταν πάλι μαζί και μάλιστα... εν δράση!!

"Ορίστε το κορίτσι μου!!!" είπε όταν τελείωσε.

"Και τώρα? Τι κάνουμε?" τον ρώτησα αμέσως.

"Θα επανασυνδέσω το ρεύμα!! Έπραξες καλά τόσο καιρό που τους αποπλάνησες με την εμφάνισή σου! Τώρα σε έχουν όλοι ξεχάσει και νομίζουν μάλιστα πως είσαι νοητικά νεκρή! Το σπίτι είναι τέλειο για... αρχηγείο!!"

Κοιμηθήκαμε αγκαλιά. Μέσα στο σκοτάδι κάτω από το φως ενός κεριού. Την επόμενη μέρα που ήταν συννεφιασμένη στις 13 Δεκέμβρη του 2013 σάστισα όταν τον είδα να μεταφέρει και να συνδέει για να θέσει σε λειτουργία αμέσως μετά άλλους τέσσερις υπολογιστές πέρα από τον δικό μου. Τον ρώτησα τι θα τους κάναμε και τι τους χρειαζόμασταν τόσους πολλούς, και μου είπε πως σε κάθε γωνιά του σπιτιού θα εργάζεται και θα αναμεταδίδει πληροφορίες σχετικά με το καινούριο σχέδιο δράσης και ΕΠΑΝΕΚΚΙΝΗΣΗΣ από ένα άτομο από την υπόλοιπη καινούρια βασική ομάδα αντιπληροφόρησης.

"Ο Michelangelo?" ρώτησα για αυτόν δειλά... το βλέμμα του σκοτείνιασε αμέσως...

"Λυπάμαι φρικτά, αλλά δεν τα κατάφερε... Όταν έπεσε στα χέρια τους τον κάνανε πειραματόζωο... του δώσανε τόσο μεγάλες ποσότητες L.S.D. που έχασε εντελώς τις πανίσχυρες ικανότητες και δυνάμεις του και ξέχασε εντελώς το ποιος στα αλήθεια ήταν, μπήκε στο αμάξι μια μέρα και πάτησε το γκάζι υπό επήρεια... Σκοτώθηκε... Αλλά μέσα στην τρέλα του πήρε μαζί του και δυο πράκτορες των ειδικών δυνάμεων και έτσι δεν καταφέραμε ούτε να τον θάψουμε όπως έπρεπε, θα μας δένανε και εμάς και οποιονδήποτε άλλον της υπόλοιπης ομάδας που θα εμφανιζόταν για να τον αναγνωρίσει και να του δώσει τον τελευταίο χαιρετισμό..."

Είδα δάκρυα να κυλούν στο πρόσωπό του... και ένιωσα και εγώ να βουρκώνω αμέσως μόλις τα άκουσα όλα αυτά... έπεσε σιωπή μεταξύ μας για λίγο μέχρι να καταφέρουμε να το δεχτούμε αυτό που συνέβη στον αδελφό του Μογο... Ήθελα αυτομάτως να κλάψω και εγώ και να βγάλω την πένα να το ρίξω σε μια λυπημένη και θλιβερή, εκδικητική γραφή καθώς θυμήθηκα πως είχα νιώσει για αυτόν στο παρελθόν και μου ήρθε στο μυαλό η κάθε στιγμή που είχαμε περάσει παρέα κατά τη διάρκεια της πρώτης και τελευταίας, αποτυχημένης μάλιστα κοινής μας αποστολής...

"Οι καιροί έχουν αλλάξει και έχουν σκληρύνει ακόμα περισσότερο τα πράγματα μικρή!!" μου είπε ο Μογο.

"Ναι, το ξέρω... εσένα τι σου κάνανε;"

"Άστο δεν θέλεις να ξέρεις ακόμα... έχω πεισμώσει όμως και αυτή τη φορά βγαίνουμε σε πραγματική αντεπίθεση!! Θα σου γνωρίσω τους υπόλοιπους.. Θα δεις, θα πιστέψεις ξανά στο όνειρό μας!!" είπε και κάθισε αμέσως μπροστά στο κεντρικό P.C. Πληκτρολογώντας αμέσως το κάλεσμα και περνώντας στα Email τους άκρως unbreakable κωδικούς τους.

Εμείς οι δυο λοιπόν ξανά, όπως παλιότερα, και άλλοι τρεις ακόμα που περιμέναμε ακόμα για να έρθουν, ήμασταν η νέα ανασύσταση ομάδας hackers και με συναίσθημα οργής αρκετό, μετά τα όσα είχαμε περάσει, και την απώλεια του Michelangelo, θα ανοίγαμε δρόμο για νέες αποστολές κινδύνου και με ρίσκο πλέον της ζωής μας, για να ανατρέψουμε.. ολόκληρο το MATRIX, μαζί με τους πράκτορες και την κυβέρνησή τους, εν μέσω μάλιστα του πιο φρικτού στην ιστορία.. οικονομικού πολέμου...

Από την επόμενη νύχτα η πόλη γέμισε από συνθήματα στους τοίχους γραμμένα από εμάς τους ίδιους... Συνθήματα που αντί για... ΒΑΣΑΝΙΖΟΜΑΙ... αυτή τη φορά γράφανε..

ΒΡΟΜΟΚΑΠΙΤΑΛΕΣ ΦΥΛΑΧΘΕΙΤΕ!!! Η ΓΕΝΙΑ ΤΟΥ ΧΑΟΤΙΚΟΥ ΑΔΙΕΞΟΔΟΥ ΤΗΣ ΖΩΗΣ ΣΑΣ ΕΙΝΑΙ ΕΔΩ!!!!!

ΚΙΝΟΥΜΕΝΟΙ ΣΤΗ ΝΥΧΤΑ

Θα έχουμε όμως το απόρρητο των υπολογιστών και των κινητών μας στο μέλλον;

Έκανα αυτή την ερώτηση στον Μογο καθώς μόλις είχε στήσει και τους υπόλοιπους 4 υπολογιστές και είχε πια φτάσει τρεις παρά την επόμενη νύχτα όταν, αμέσως μετά που την έκανα αυτή την ερώτηση και ακριβώς στις τρεις η ώρα ο υπολογιστής μου από sleep mode που ήταν άναψε από μόνος του, χωρίς κανείς να πλησιάσει για να κουνήσει το mouse και άνοιξε ο explorer μπροστά μου καθώς μπήκε επίσης και σε μια υποτιθέμενη επαφή. Η επαφή ήτανε μιας φίλης του εξωτερικού όμως κυκλώματος η οποία άρχισε να μου μιλάει και μάλιστα να μου γράφει ακριβώς τα λόγια με τα οποία έκανα την ερώτησή μου στον Μογο μόλις πριν λίγο.. Και σαν να μην έφτανε αυτό, που ήτανε από μόνο του περίεργο, η ερωτηματική πρόταση επαναλήφθηκε, ξαναγράφτηκε ακόμα πολλές φορές από πάνω μέχρι κάτω γεμίζοντας έτσι το κουτί συνομιλίας στην οθόνη της υποτιθέμενης επαφής μου, πράγμα που μας άφησε και τους δυο άφωνους καθώς το παρακολουθούσαμε...

FUCK!!! Είπαμε και οι δυο ακριβώς ταυτόχρονα. Προφανώς το σπίτι λάθος πιστέψαμε πως ήταν safe για να το αξιοποιήσουμε όπως το είχαμε φανταστεί μόλις μια νύχτα πριν. Ήταν σίγουρα παγιδευμένο. Ο υπολογιστής αμέσως μετά έκλεισε από μόνος του την επαφή με την κοπέλα, βγήκε από την σελίδα κοινωνικής δικτύωσης που ήταν ολόκληρη κατά τα άλλα και πάρα πολύ προσεκτικά στημένη ώστε να είναι υπεράνω υποψίας σχετικά με την private ιδιότητα μου και αφού έκλεισε τον browser, έκανε ολότελα restart.

Ήταν ολοφάνερο πως βρισκόταν υπό παρακολούθηση. Το ακόμα πιο ανατριχιαστικό ήταν πως ενώ εγώ νόμιζα όλα αυτά τα χρόνια ότι με είχανε ξεχάσει οι πράκτορες, τελικά κάπου γύρω μου θα πρέπει να βρίσκονταν όλο αυτό τον καιρό, έστω undercover και να παρακολουθούν τις επαφές μου και τις κινήσεις μου όπως επίσης και το ποιος μπαίνει και βγαίνει από το σπίτι μου το ίδιο μέσα.

Αμέσως μόλις το διαπιστώσαμε αυτό αποσυνδέσαμε τα καλώδια του υπολογιστή και τρέξαμε στο ανοιχτό παράθυρο της κουζίνας του τρίτου ορόφου για να διαπιστώσουμε πως η φρίκη μας συνεχιζόταν. Στον απέναντι δρόμο από κάτω βρισκόταν σταματημένο ένα αυτοκίνητο με αναμμένα τα alarm στις 3 και μισή τη νύχτα, το οποίο όμως δεν διακρινόταν μέσα στα σκοτάδια εάν ήταν ταξί η περιπολικό. Κατευθείαν κλείσαμε παντζούρια τζάμια και κουρτίνες και σβήσαμε κάθε φως. Μείναμε κοκαλωμένοι με κρατημένη αναπνοή και περιμέναμε. Είχαμε μόλις γυρίσει από το κέντρο της πόλης όπου είχαμε γράψει με σπρέι σε graffiti το σύνθημα μας στους τοίχους της... Μήπως δράσαμε για άλλη μια φορά παράτολμα? Μήπως ακόμη πιο απερίσκεπτα? Αντί για φόβος όμως επικράτησε μέσα μας μίσος προς τις αρχές... και το μίσος μετατράπηκε αμέσως σε αποφασιστικότητα για δράση.

Οι κινήσεις ήταν στιγμιαίες και γρήγορες ενώ η απόφαση πάρθηκε κοινή να μην τους αφήσουμε να μας βρουν και να μας πιάσουν. Όχι από τώρα ήταν πολύ νωρίς, όχι τόσο εύκολα σε μια στημένη παγίδα, όχι τόσο γρήγορα, μόλις ξανασμίξαμε και σίγουρα όχι πριν συναντήσουμε τους υπόλοιπους δικούς μας...

Το μεγαλύτερο κρίμα ήταν πως έπρεπε να σπάσουμε, κυριολεκτικά να διαλύσουμε τις οθόνες και τους πύργους και των πέντε υπολογιστών. Και το κάναμε μέσα στην οργή μας, καθώς περάσαμε από την απόλυτη σιγή στην απόλυτη φασαρία της υστερίας που δημιουργήσαμε αργά τα ξημερώματα καταστρέφοντας τα πάντα μέσα στο διαμέρισμα. Τουλάχιστον εάν έμπαινε κανείς μέσα θα έβρισκε μόνο... γυαλιά-καρφιά!!! Δεν έμεινε ούτε καφετιέρα στη θέση της. Μετά, όπως ήταν φυσικό στραφήκαμε σε φυγή. Ευτυχώς, καταφέραμε και περάσαμε απαρατήρητοι γιατί όλοι οι υπόλοιποι ένοικοι ήταν ήδη έξω από τα σπίτια τους και είχαν κατακλείσει τους διαδρόμους της πολυκατοικίας αφού ψάχνανε ανήσυχοι όλοι από ποιο διαμέρισμα ακουγόταν τόσος θόρυβος στις τέσσερις το πρωί. Κάναμε και εμείς τους ανίδεους αφού είχαμε κλείσει την πόρτα πίσω μας και υποτίθεται ενοχλημένοι και εμείς οι ίδιοι ρωτούσαμε τους άλλους γύρω μας σχετικά.

Βγήκαμε έτσι από το block και το μόνο πρόβλημα ήταν το αμάξι με τα alarms αναμμένα στην πίσω μεριά της πολυκατοικίας και ακριβώς μπροστά από όπου είχα παρκάρει το αμάξι μου την προηγούμενη μέρα. Η λύση ήταν λοιπόν μόνο η φυγή με τα πόδια μέσα στα στενά που ευτυχώς ήταν τόσο μικρά και δαιδαλώδη ώστε να μην μπορεί να περάσει όχημα. Έτσι αρχίσαμε το τρέξιμο με δυο πρόχειρα μαζεμένους σάκους στους ώμους που όμως μέσα τους περιείχαν ακόμη τα σπρέι από τις πρώτες ώρες της νύχτας που κάναμε τα graffiti και ήταν ακόμα και αυτά ενοχοποιητικά στοιχεία εάν και εφόσον πέφταμε στα χέρια τους. Μέσα στην έντασή μας όμως, και για άλλη μια φορά, αντί να φοβηθούμε και να μασήσουμε πιάσαμε από ένα σπρέι και μαρκάραμε στο δρόμο τη διαδρομή μας προς το κέντρο από ότι στενό περνούσαμε τρέχοντας με το αναρχικό αλφάδι ζωγραφισμένο μέσα σε κύκλο. Μέχρι που φτάσαμε στο κέντρο της πόλης, σε ένα κατηφορικό στενό, απόμακρο και σκοτεινό, μέσα στο κέντρο του γκέτο των "αντιδραστικών" και κλειστήκαμε μέσα στο πρώτο μπαρ που βρήκαμε να είναι ακόμα ανοιχτό μέσα στο άγριο εκείνο ξημέρωμα που ζήσαμε οι δυο μας.

Ήμασταν κυνηγημένοι και on the run, όταν μπήκαμε όμως μέσα στο μαγαζί η ατμόσφαιρα ήταν ήρεμη και χαλαρωτική επιτέλους μέσα στην ασφάλεια του γκέτο όπου βρισκόμασταν και αμέσως αποφασίσαμε πως χρειαζόμασταν ένα ποτό όχι μόνο για να χαλαρώσουμε από την υπερένταση αλλά και για να μπορέσουμε να το παίξουμε αδιάφοροι εκεί μέσα και να μην διακρινόμαστε από τους υπόλοιπους λιγοστούς κοινούς θνητούς πελάτες.

Το πρόγραμμα έπαιζε αδιάφορα μερικά κομμάτια χαλαρά καθώς ο κόσμος τελείωνε το ποτό του και λίγοι λίγοι αποχωρούσαν για να πάνε για ύπνο σπίτι τους. Αλλά σίγουρα ενώ το μπαρ ήταν έτοιμο να κλείσει δεν θα μας έδιωχνε κανείς από εκεί εάν αποφασίζαμε να κάτσουμε και να παραγγείλουμε και άλλα ποτά. Όπως και κάναμε τελικά γιατί έπρεπε και να συνεννοηθούμε για την εξέλιξη της δράσης μας αφού πια στο σπίτι δεν μπορούσαμε να ξαναγυρίσουμε έτσι όπως αποτελούσε πια στόχο και ήταν όλα πια μέσα κατεστραμμένα.

Ενώ ήμασταν έτσι αγχωμένοι και μας είχε πιάσει σχεδόν απελπισία από το αδιέξοδο στο οποίο είχαμε πέσει, κάτι έγινε και το συναίσθημα άλλαξε ριζικά. Η μουσική μέσα, εκεί που έπαιζε σε χαμηλούς ανυποψίαστους ρυθμούς, έκανε μια αλλαγή απότομα και άρχισε να παίζει δυνατά πολύ ένα παλιό αγαπημένο μας post punk κομμάτι από New model army που οι στίχοι του έλεγαν

"I believe in getting the bastards, getting the bastards"...

Κοιταχτήκαμε αμέσως στα μάτια και ήπιαμε ένα σφηνάκι τεκίλας και πριν προλάβουμε να τραβήξουμε την ματιά μας ο ένας από τα μάτια του άλλου, άνοιξε η πόρτα του μαγαζιού και νιώσαμε τον αέρα να μπαίνει μέσα συνοδευόμενο από δυο μοϊκανούς, έναν άντρα και μια γυναίκα που προσωπικά δεν τους ήξερα αλλά κόλλησα να τους κοιτάω καθώς πλησίαζαν προς το μέρος μας.

Ο Μογο γύρισε προς τον μπάρμαν απότομα – "κάντα τέσσερα τα σφηνάκια"!!! είπε κοφτά.

Αμέσως κατάλαβα ότι ήταν αυτοί οι δυο εκείνοι που περιμέναμε από τους υπόλοιπους τρεις της ομάδας. Τελικά το να φτάσουμε τρέχοντας στο γκέτο αφήνοντας σημάδια εντοπισμού της κατεύθυνσης μας δεν δούλεψε αρνητικά αλλά θετικά και έτσι μπόρεσαν εύκολα οι δυο τους να τα ακολουθήσουν για να έρθουν να μας βρουν και μάλιστα την ώρα ακριβώς που τους χρειαζόμασταν. Ήτανε και αυτοί ένα υπερήφανο ζευγάρι. Αμέσως χαιρέτησαν τον Μογο και μου συστήθηκαν. Alexa και Toby. Με κόκκινη και ξανθιά μοϊκάνα αντίστοιχα. Μοιάζανε πολύ με την φυλή την δικιά μας. Αλλά εγώ τους αναγνώρισα στον αυθορμητισμό.

Ήπιαμε και οι τέσσερις σφηνάκια τεκίλας και καθώς το κομμάτι έπαιζε ακόμα, ρίξαμε μέσα στο μαγαζί τον πιο ξέφρενο επαναστατικό χορό μεταξύ μας που σίγουρα δεν είχε ξαναδεί ο σαστισμένος μπάρμαν. Έτσι έδεσε η κλίκα μας με τη μια. Έτσι απλά, με έναν κοινό χορό αγαπηθήκαμε σαν αδέλφια και εμπιστευθήκαμε ο ένας τον άλλο. Έτσι τα ξεχάσαμε όλα τα προηγούμενα που είχανε συμβεί και απελευθερώσαμε το πνεύμα μας στους ρυθμούς της βραδιάς.

Έξω η νύχτα ξέφρενη έψαχνε για να μας εντοπίσει. Έξω τα σκυλιά αδέσποτα λυσούσαν για το αίμα μας. Εκεί μέσα όμως... ο πυρήνας μας ενωνόταν για άλλη μια φορά και όλα τα ραδιοκύματα ήταν δικά μας. Όποιος ήταν συντονισμένος με τον παράνομο πειρατικό σταθμό του μαγαζιού που εμείς οι ίδιοι είχαμε αυτομάτως θέσει σε λειτουργία, χόρευε επαναστατικά στα ίδια βήματα του χορού μας. Βήματα που με βαριές αρβύλες αντηχούσαν μέχρι βαθιά μέσα στη γη.

Στη γη και στη χώρα μας που λίγο λίγο καταστρεφόταν... λίγο λίγο όμως ξαγρυπνούσε ταυτόχρονα! Και όσο πιο βαριές ήταν οι μπότες... τόσο πιο underground εξαπλωνόταν η αντίσταση. Αντίσταση προς την αλλοτρίωση και τον εκφοβισμό...την απόπειρα εκμηδενισμού της ύπαρξης του καινούριου μας επαναστατικού κινήματος.

ΣΤΗΝ ΚΑΤΑΛΗΨΗ

Το υπόλοιπο εκείνης της βραδιάς το βγάλαμε στην κατάληψη, λίγο πιο έξω από το γκέτο. Η Alexa και ο Toby είχαν ευτυχώς άκρες εκεί. Το κτήριο ήταν παλιό, πολύ παλιό και αν ανέβαινε κανείς ψηλά μέχρι την ταράτσα είχε μια απίστευτη θέα που έπιανε μέχρι όλο το παλιό λιμάνι από κάτω και την άγρια θάλασσα που χτυπούσε μανιασμένα τους βράχους και το κάστρο της πόλης εκείνο το βράδυ. Ήταν επίσης γεμάτο με graffiti εσωτερικά κυρίως, χρώματα και μηνύματα γραμμένα στους τοίχους που μας καλωσόριζαν με την μια και μας κάνανε να νιώσουμε αμέσως άνετα στο χώρο.

Η πρόσβαση στο εσωτερικό του κτηρίου ήταν απόρρητη. Η Alexa είχε όμως το κλειδί του λουκέτου περασμένο στο λαιμό της ήδη από νωρίς και έτσι μπήκαμε σαν αρχηγοί και "κύριοι" από την μπροστινή είσοδο την ώρα που ξημέρωνε και που σίγουρα, οι πράκτορες, ότι ενέργειες είχαν εντολή να κάνουν τις είχαν αφήσει για την επομένη το πρωί...

Αλλά οι τέσσερις μας δεν πήγαμε για ύπνο. Είχαμε καβατζάρει από το μπαρ ένα μπουκάλι ούζο και το ανοίξαμε στην ταράτσα της κατάληψης γιορτάζοντας ακόμα περισσότερο την γνωριμία μας, θαυμάζοντας την ανατολή του ηλίου στο λιμάνι και ενισχύοντας ακόμα περισσότερο το εξοργισμένο πνεύμα μας με θυμό και αποφασιστικότητα.

Μεγάλα λόγια ειπώθηκαν εκείνο το ξημέρωμα. Μεγάλα γεγονότα όμως συνέβαιναν ταυτόχρονα, όχι μόνο στην χώρα μας αλλά και σε ολόκληρο τον πλανήτη εκείνες τις μέρες.

Η ελευθερία, η έννοια της ελευθερίας του απλού πολίτη μιας χώρας βρισκόταν υπό απειλή. Όλα τα e-mail παρακολουθούνταν, όλες οι κάποτε ενεργές και ελεύθερες τηλεοπτικές συχνότητες είχανε πέσει και χάσει το σήμα τους, χιλιάδες άνθρωποι έχαναν καθημερινά τις δουλειές τους, όλοι οι πολίτες που βρίσκονταν εγκεφαλικά στο ίδιο πλαίσιο διαμαρτυρίας με τη δικιά μας αγανάκτηση βρίσκονταν έξω στους δρόμους και στις πλατείες και δέχονταν τεράστιο βαθμό βίας και καταστολής από τις ειδικές δυνάμεις της αστυνομίας κάθε χώρας... Ιδιαίτερα στους μέχρι χθες ελεύθερους πολίτες της γειτονικής μας χώρας είχε απαγορευτεί μέχρι και η χρήση αλκοόλ...

Πράγμα που μας έκανε εμάς να πιούμε το ούζο μέχρι και την τελευταία του σταγόνα, μέσα σε μια από τις τελευταίες μας ζαλάδες, πριν χρησιμοποιήσουμε όλα τα μέσα και τις μυστικές ικανότητες μας την επόμενη μέρα για να οργανώσουμε τη δική μας, που θα ήτανε σκληρή, αντεπίθεση. Το μπουκάλι έφυγε πάνω στην ταράτσα. Όλοι μιλούσαμε επιθετικά. Με φωνές. Με νεύρα. Όχι ο ένας προς τον άλλο όμως, βέβαια. Όλοι προς το σύστημα!!!!! Και εκεί που είχαμε ξεφύγει εντελώς και κάναμε τόση φασαρία που θα μπορούσε να είχε μαζέψει από κάτω μας μπροστά στην είσοδο όλες τις δυνάμεις ειδικών φρουρών και πρακτόρων της πόλης μας... εκεί που έβγαινε και έλαμπε ο γλυκός ήλιος της αντίστασης, μιας όμως φορτισμένης αρνητικά ημέρας... κάποιος ανέβηκε πάνω...

Κρατούσε άλλο ένα μπουκάλι... ΝΕΡΟΥ όμως... Μας πλησίασε ήρεμα και ευγενικά, και ήρθε να κάτσει κοντά μας. Ήταν ο Andro, ο τελευταίος που περιμέναμε της ομάδας μας. Και μας πότισε με πολύ... νερό!!!

Καθώς έφευγε η μέθη, χαλάρωναν τα νεύρα, καθώς χαλάρωναν τα νεύρα, χαλάρωνε και ο τόνος της φωνής. Ότι έπρεπε να πράξουμε, ήταν άκρως μυστικό. Ο Andro ήτανε ο μεγαλύτερος της κλίκας μας και είχε την διπλάσια υπομονή και ψυχραιμία από όλους εμάς μαζί. Χωρίς όμως αυτό να σημαίνει πως δεν έβραζε και ο ίδιος μέσα του από θυμό. Αμέσως αναθεωρήσαμε και σκεφτήκαμε τις ιδιότητες μας. Ήμασταν ομάδα hackers... όχι ένα γκρουπ αγανακτισμένα κολεγιόπαιδα... Μας την είπε. Για όλα. Για όλο τον θόρυβο και την φασαρία, για το κυνηγητό. Για την όλη καταδίωξη που είχαμε προκαλέσει εκείνη τη νύχτα. Και είχε δίκιο. Εάν εξαφανιζόμασταν και εμείς από το προσκήνιο, όλοι οι υπόλοιποι του είδους μας που βρίσκονταν πλάι στις σκέψεις μας, θα έμεναν αβοήθητοι. Και όχι μόνο... Από όσα μας είπε, μας έδωσε να καταλάβουμε, πως η αντίσταση ήταν μονομερής και εξαπλωμένη μονάχα ανά εστίες. Ενώ ήταν φανερό, πως η ολική αντίσταση ενάντια στο γενικότερο σύστημα, έπρεπε να είναι συντονισμένη και οργανωμένη. Να ενεργεί ταυτόχρονα και παγκοσμίως. Γιατί αλλιώς και μεμονωμένα, χάνονταν άδικα μάχες και ανθρώπινες ζωές, χωρίς κανένα απολύτως αποτέλεσμα... και όλο αυτό το βάρος του θέματος, έπεφτε πάνω μας. Σε εμάς.

Η δουλειά ήταν απολύτως underground, έπρεπε να είναι. Ο συντονισμός απόλυτος και απόρρητος και η κάθε ενέργεια μας κρυφή πλέον. Και έπρεπε να συντονίσουμε τον αγώνα της εξέγερσης... ολόκληρο το κοινωνικό κομμάτι του βρόμικου καπιταλιστικού, δυτικού πολιτισμού, σε επίπεδο λαϊκής αντίστασης. Και έπρεπε να συντονιστεί από... ΕΜΑΣ!!!!

Έμεινα άναυδη!! Μόλις είχα ξενερώσει από τα ποτά και αυτή η πραγματικότητα με χτύπησε σαν σφαίρα στο στήθος. Γιατί δεν θα ήταν και εύκολη υπόθεση... Κοίταξα τον Μογο... Τα χείλη του είχανε σφίξει.. Κοίταξα την Alexa... ακόμα έψαχνε να βάλει ποτό να πιει.. ήτανε σίγουρο πως της ήρθε απότομο... Ο Toby, απλά την αγκάλιασε... Αλλά όλοι μέσα μας ξέραμε πως οι κουβέντες του Andro ήταν αληθινές και ξεκάθαρες... ίσχυαν από κάθε τους άποψη...

Είχαμε από χρόνια... δέκα χρόνια πριν υποπτευθεί

την αλήθεια, τη βρόμικη αλήθεια που κρυβόταν πίσω από το σκληρό πρόσωπο αυτού του πλανήτη και των κυβερνήσεών του...!!! Τώρα η ίδια αυτή αλήθεια είχε πλέον ξεσκεπαστεί και εξαπλωθεί... σε κάθε γωνιά της γης. Οι συμπολίτες και συναγωνιστές μας δεν ψάχνανε πλέον για μια επαγρύπνηση, αλλά για κάποιους οδηγούς, ικανούς για να τους συντονίσουν. Ήταν ήδη έξω στους δρόμους κάθε νύχτα και τρώγανε ξύλο...

Ήταν όμως μόνοι τους, σε κάθε ιδιαίτερη χώρα αποκομμένοι και απομονωμένοι...και το μόνο που ήταν φανερό και πλήρως ξεκάθαρο πως χρειαζόταν όλη αυτή η κατάσταση ήταν... να στηθεί ένα ενιαίο.. κοινό.. παγκόσμιο μέτωπο...κόντρα στους πράκτορες και κάθε είδους απειλή, κόντρα στις τράπεζες και κάθε είδους απειλή... ΚΟΝΤΡΑ ΣΤΟ MATRIX, στους αριθμούς, στις μηχανές και στα δάνεια...

Υπερασπιζόμενοι την κάθε άποψη και μορφή ελευθερίας που, από το 2000 μας στερούσαν οι κυβερνήσεις όλο και περισσότερο...

ΚΟΝΤΡΑ ΣΤΗ ΔΙΚΗ ΤΟΥΣ ΤΑΞΗ ΠΡΑΓΜΑΤΩΝ ΠΙΑ!!!!!

Η ΑΡΧΗ

Το ξημέρωμα ήρθε, και μας βρήκε να κοιμόμαστε ο ένας πάνω στον άλλο έτσι όπως ήμασταν από το προηγούμενο βράδυ, με τα ρούχα ακόμα πάνω μας και τις σφιχτά δεμένες μας αρβύλες στα πόδια, πάνω σε δυο ριχτά απλωμένα και γυμνά από σεντόνια στρώματα, καταμεσής στο πάτωμα ενός δωματίου στον τρίτο όροφο της κατάληψης, όπου είχαμε μείνει όλοι μαζί, όλη τη νύχτα.

Με το πρώτο φως της ημέρας, ο Andro ξύπνησε και αφού σηκώθηκε τσέκαρε προσεκτικά έξω από το παράθυρο του τρίτου ορόφου κάτω στο δρόμο, για να δει εάν είχαν στηθεί πράκτορες φράζοντας την είσοδο του κτηρίου.

Στη συνέχεια, και αφού όλα ήτανε καλά, χωρίς να πιει ούτε καφέ, άλλαξε αμφίεση, φόρεσε καπέλο για τα μαλλιά του ώστε να μοιάζει ένας από τους υπόλοιπους κοινούς θνητούς και έτρεξε έξω στην πόλη για να μπορέσει με το που θα ξυπνούσαν οι άλλοι να βάλει το σχέδια που είχε στήσει στο μυαλό του σε δράση.

Χρειαζόταν υπολογιστές, κάμερες, μικρόφωνα, ηχεία και όλα τα απαραίτητα για να στήσει ένα καινούριο δίκτυο, με νέους κωδικούς και να μπορέσει να συνδεθεί ξανά στο δικό μας παλιό intranet, βρίσκοντας πόρτες και ανοίγοντας επαφές με άτομα από άλλες πόλεις και χώρες που από καιρό είχανε χαθεί.. άτομα σαν εμάς, δικά μας, αδέλφια μας, που όμως ζούσαν και πάλευαν μακριά από μας, με τον ίδιο παρονομαστή όμως ρίσκου και επικινδυνότητας με μας τους ίδιους.

Μόλις γύρισε στην κατάληψη, βρήκε ένα χώρο

κατάλληλο στον τελευταίο όροφο και βάλθηκε να στήνει ένα- ένα τα μηχανήματα. Πέντε διαφορετικές βάσεις, σε πέντε γραφεία γύρω στο δωμάτιο, με full εξοπλισμό το καθένα, πληκτρολόγια, κάμερες, μικρόφωνα, ηχεία, τα πάντα, καθώς πέρασε βέβαια μέσα τους και τους ανάλογους συνθηματικούς κωδικούς με τα παλιά γνωστά στους κύκλους μας ψευδώνυμα ώστε όποιον καλούσαμε σε επαφή να μπορούσε να ήταν σίγουρος πως ήταν safe και εμπιστευτική η καινούρια μας βάση.

Μετά από κάποια ώρα συστηματικής δουλειάς ήρθε και μας ξύπνησε. «όλα έτοιμα», είπε... Είναι ώρα για λίγο "chat"!!!

Αφού μας κοίταξε με νόημα, έφτιαξε και έβαλε μια προσεκτικά επιλεγμένη λίστα μουσικής για καλημέρα να παίζει, που ξεκίνησε δυνατά με punk από κάθε underground ανατρεπτική μπάντα που είχε περάσει ποτέ από το βλαβερό προς το σύστημα προσκήνιο της χώρας μας. Η λίστα, μοιράστηκε απευθείας και στους πέντε υπολογιστές και άρχισε η μουσική της να ξεχύνεται και από τα δέκα ηχεία και όλος ο όροφος γέμισε με δυνατούς στίχους και ακούραστες φωνές όλες ενάντια στο σύστημα και στην υπάρχουσα τάξη. Ο Μογο χαμογέλασε... Αφού δεν μπόρεσε να γίνει το σπίτι σου αρχηγείο... και εδώ μια χαρά μας βολεύει!! μου είπε και έπιασε μια καρέκλα να μου δώσει χώρο να κάτσω και να συνδεθώ στο δικό μου υπολογιστή. Το ίδιο κάναν και οι υπόλοιποι. Κάτσαμε όλοι και βουτήξαμε στο χαοτικό μας ενδοδίκτυο, ψάχνοντας και ξαναβρίσκοντας, ή δημιουργώντας επαφές, με άτομα συγκεκριμένα, σε σημεία και πόλεις σταθμούς ανά την Ευρώπη, άτομα που ήδη γνωρίζαμε, ή υποψιαζόμασταν, πως με τη δράση τους βρίσκονταν στο ίδιο ή σε παράλληλο εγκεφαλικό πλαίσιο με το δικό μας.

Και εγώ, όπως και οι υπόλοιποι, ξέραμε ακριβώς που να στοχεύσουμε και ποιους να καλέσουμε...

Ο καθένας θυμόταν και είχε γνωρίσει στο παρελθόν πάρα πολλά άτομα στη ζωή του με ανάλογο τρόπο σκέψης με μας τους ίδιους. Η πρώτη μου επαφή, άνοιξε στην Ισπανία, στη χώρα των Βάσκων, αμέσως μετά ακολούθησε η Σκωτία, Ιρλανδία, Ρώμη και Κωνσταντινούπολη... Δουλεύαμε ταυτόχρονα, και ο καθένας από μας, διάλεγε άτομα από διαφορετικό σημείο και τοποθεσία ανά την ήπειρο. Η συνομιλία γινόταν με κώδικα. Κώδικα κοινό, που γνωρίζαμε όλοι... με στίχους μουσικής!!!

Punk και hip hop έρεε σε ρίμες, απόλυτα κωδικοποιημένα μηνύματα υπεράνω υποψίας άρχισαν να παίζουν και να διαμοιράζονται σε όλες τις διαφορετικές γλώσσες της ηπείρου.

Στη συνέχεια, άρχισε η συνεννόηση, άνοιξαν οι κάμερες με κοντά δεκαπέντε, είκοσι ταυτόχρονες επαφές η κάθε μία.. και οι στίχοι ανταλλάσσονταν γεμάτοι οργή, πείσμα και δύναμη. Το ένα κομμάτι ήταν ολοένα και πιο έντονο και δυνατό από το άλλο, με στίχους οργισμένους, να καίνε από μανία και δύναμη, οι υπάρχουσες επαφές μας άνοιγαν και άλλες νέες, καινούριες, δικές τους, ο ένας καλούσε τον άλλο, καθώς μεγάλωνε η λίστα της μουσικής, και όλοι πρόσθεταν τραγούδια που μεταφράζονταν σε ένα ενιαίο, κοινό κώδικα. Τα ηχεία και τα πληκτρολόγια είχαν πάρει φωτιά! Στις κάμερες, έβλεπες άτομα πολλά, όλοι με περίεργες εμφανίσεις. Άλλοι με μοϊκάνες, άλλοι με ράστα και ξυρισμένα μαλλιά, άλλοι με τατουάζ και piercings, άλλοι απλά αποφασιστικοί με ένα τσιγάρο και μια μπύρα στο χέρι.. όμως τους αναγνώριζες όλους από τα μάτια!! Τα μάτια τους που πετάγανε σπίθες από την ένταση και καίγανε όλων σαν φωτιά!! Είχε ξεκινήσει!! Και εξαπλωνόταν!! Και ταξίδευε σαν σφαίρα από πόλη σε πόλη και από κάθε χώρα και πρωτεύουσα μέχρι πίσω σε μας!! Και η λίστα της μουσικής μεγάλωνε!! Και η φωτιά μέσα μας έκαιγε! Και οι στίχοι ήταν τόσο δυνατοί που μας πείσμωναν, όσο και μας εξόργιζαν!! Στίχοι γραμμένοι για το άδικο, για την εξοργιστική πραγματικότητα του καιρού που ζούσαμε όλοι στην εποχή μας, για το εξαθλιωμένο παρόν, για την καταστολή, για τη μιζέρια και την καταπίεση, για τις δολοφονίες, για τις αυτοκτονίες, που κάθε μέρα σάρωναν στα νέα, για τη φτώχεια, το μέλλον δίχως αύριο.. για την ανεργία. Όσο πιο πολλά βγαίναν στη φόρα, τόσο η οργή μας φούντωνε, και η μουσική δεν είχε σταματημό... στίχοι με διαφορετική προφορά και σε κάθε γλώσσα που μιλούσαν όμως για τα ίδια και τα ίδια με κάθε διαφορετική εκδοχή πράγματα που συνέβαιναν παντού. Γιατί παντού ήταν το ίδιο.

Ήμασταν αγανακτισμένοι όλοι με το ίδιο ισχύον καθεστώς.. και ήμασταν ακριβώς όλοι εμείς αυτοί που θα έπρεπε να το σταματήσουμε μια για πάντα επιτέλους... Με μια ενιαία, παντού εξαπλωμένη επανάσταση!! Τόσα χρόνια μαρτυρούσαμε και υπομέναμε τα πάντα... Επί τόσα χρόνια αυτή την ιδέα ονειρευόμασταν όλοι... Μα τώρα είχε ξεκινήσει και είχε πάρει μπροστά το όνειρό μας... Τώρα ήταν, ή αυτό, ή τίποτα... Μα τώρα θα το ζούσαμε, και δεν θα ήταν πια σε θέση, να μας σταματήσει πια... ΚΑΝΕΙΣ!!!

ΜΕΡΙΚΟΙ ΣΤΙΧΟΙ ΠΑΡΑΠΑΝΩ

Μερικοί στίχοι παραπάνω καταγράφονται

εδώ μέσα στην πιο κεντρική παρέα

όταν τριγύρω υπάρχει το συναίσθημα

τα λόγια μετατρέπονται στην πιο σκληρή φοβέρα

και εξελίσσονται ακούγοντας άλλα από το παρελθόν

τώρα διακυβερνεί το στοιχειωμένο μας παρόν

Κι όσα είναι να ακουστούν από το τώρα και μετά

θα είναι εμπνευσμένα από την αποψινή βραδιά

Μια τελευταία φορά είπαμε όλοι να βρεθούμε

και για μια μόνο εξαίρεση τα ίδια τραγούδια μια στιγμή να μοιραστούμε

Μετά θα διασκορπιστούμε θα εκσφενδονιστούμε

μα όσα τώρα ζούμε θα ακουστούνε όπου κι αν στη συνέχεια βρεθούμε

Θα μιλάμε για αυτά- αυτά τα τώρα τα κοινά

και σε όσους θα τα διαδίδουμε όλοι μαζί μετά θα ερχόμαστε

και πιο κοντά- να τα ανα - μεταδίδουμε

Πιο πολύ- και πιο μπροστά από όλους αυτούς εμείς θα βγούμε

γιατί πια θα αλληλογνωριστούμε

και να ξέρεις- θα ακουστούμε!

Μα όχι πλέον μια φωνή- μονάχα σαν μια σχισμή-

που μας καθηλώνει όλους στην κατάντια μας αυτή-

μα ως μια απειλή- αντιδιακυβερνητική

θα μαζευτούμε μια στιγμή και να το περιμένετε

δε θα σας βγει πια καθαρή!

Η εκδίκηση κοινή- από μια κοινή κραυγή-

κόντρα σε αυτή την απειλή- και ας μας στοιχίσει τη ζωή!

Η επανάσταση αυτή στην ιστορία θα καταγραφεί!!!

ΤΑ ΑΝΤΙΠΟΙΝΑ

Το προκαλέσαμε όσο δεν πήγαινε άλλο και ο δαίμονας του συστήματος αντέδρασε. Η τεχνολογία και η ψηφιακή εποχή που κάποτε στην αρχή της ακόμα μπορούσαμε να ελέγχουμε και να χρησιμοποιούμε προς δικό μας όφελος, με επαναστατικό τρόπο ώστε να κάνουμε κυβερνοεπιθέσεις και να επικοινωνούμε όλοι ακόμα μυστικά και με κώδικες μεταξύ μας, στο τέλος γύρισε εναντίον μας και έναν – ένα από μας, μας κατάστρεψε ολοκληρωτικά. Τα εξελιγμένα πλέον συστήματα κυβερνοάμυνας και οι μηχανισμοί εντοπισμού μας βρήκαν και μας έπιασαν. Ήταν πλέον αδύνατο να κινούμαστε και να επικοινωνούμε διαφεύγοντας τα.

Έπιασαν πρώτα τον Μογο. Τον έψαχναν πολύ καιρό. Κι εκείνος το ήξερε. Το ήξερε τόσο καλά που προς το τέλος δεν έμοιαζε να τον απασχολεί καθόλου και από αντίδραση καθαρά προκαλούσε τον εντοπισμό του με όποιο τρόπο μπορούσε να το κάνει. Η εμφάνιση του ήταν ακραία. Ξεχώριζε από τις νεκρές μάζες πληθυσμού με όσο πιο προκλητικό τρόπο μπορούσε. Όπου βρισκόταν μιλούσε δυνατά για τις απόψεις του και για τους στόχους του χωρίς να τον ενδιαφέρει ποιος μπορεί να βρισκόταν δίπλα του και να τον άκουγε εκείνη την ώρα με σκοπό να τον καταδώσει. Όπου γινόταν πορεία διαμαρτυρίας εκείνος βρισκόταν πάντοτε στην πρώτη γραμμή. Και το hacking του δεν ήταν πλέον προσεκτικό. Δεν τον ενδιέφερε άλλο πια να προφυλάσσεται από τους πράκτορες.

Όταν τον έπιασαν, τον υπέβαλαν σε εγχείρηση εγκεφάλου! Μόνο έτσι θα μπορούσαν να τον σβήσουν από τον χάρτη και να απαλλαγούν οριστικά από αυτόν. Μόνο έτσι θα μπορούσε πια το σύστημα να εξακολουθεί να λειτουργεί "ομαλά". Μόνο εάν σάρωναν το εγκεφαλικό του πλαίσιο. Μόνο εάν καταφέρνανε να του σβήσουν όλες τις αντιδραστικές, επαναστατικές πολύτιμες ιδέες του μέσα από το ίδιο του το κεφάλι και να τον μετατρέψουν σε "κοινό" θνητό. Να τον κάνουν σαν όλους τους υπόλοιπους άσκοπα περιπλανώμενους του κοινωνικού συνόλου που το μόνο που τους ενδιαφέρει είναι το φαγητό, ο ύπνος, η δουλειά και η κατανάλωση. Ήταν θλιβερό, ήταν τραγικό αυτό που του συνέβη αλλά το κατάφεραν... Ξερίζωσαν από μέσα του όλο του το είναι. Και μετά τον άφησαν "ελεύθερο" τον ξαναπέταξαν μέσα στο σύστημα ως ένα ακόμα ανθρώπινο σκουπίδι, που το μόνο που του έμενε να κάνει θα ήταν απλά να επιβιώσει. Ξυπνώντας, δουλεύοντας, τρώγοντας και καταναλώνοντας.

Έπιασαν και τους υπόλοιπους πέρα από μένα. Με ανάλογο τρόπο, με εξαναγκασμό και με πολύ σοβαρές απειλές και κατηγορίες στο τέλος τους "ελευθέρωσαν" κι εκείνους ξανά μέσα στο σύστημα έχοντας πρώτα ισοπεδώσει το μυαλό και το πνεύμα τους. Έχοντας κλέψει κάθε ίχνος αντιδραστικής ή επαναστατικής ιδέας από το νου τους. Έχοντας περάσει τσιπ εντοπισμού κάτω από το δέρμα τους ώστε να βρίσκονται όλοι ανά πάσα στιγμή υπό τον απόλυτο έλεγχο των πρακτόρων. Τους έχασα όλους. Έπιασαν δουλειά με ωράριο και ξυπνητήρι, έκοψαν τις μοϊκάνες, έβγαλαν τα καρφιά, βγάλαν τις αρβύλες με τα κόκκινα στο χρώμα τις επανάστασης διακριτικά κορδόνια, άνοιξαν λογαριασμό στο facebook επικαλύπτοντας το παρελθόν τους και αποτραβήχτηκαν στην απομόνωση και στην ασφαλή καθημερινότητα της απλής και μονότονης, χωρίς σκοπό και αντιδραστικότητα, κοινής επιβίωσης.

Οι ιστοσελίδες των λογαριασμών τους έγιναν πλέον θλιβερές. Άρχισαν να ακολουθούν τις συνήθειες της μάζας με τραγικά πιστό τρόπο. Φωτογραφίες μόνο από μαγειρέματα, τούρτες γενεθλίων, παιδιά και σκυλιά ή γατάκια... στην καλύτερη περίπτωση καμιά φωτογραφία από τις διακοπές...

Η μοναδική αντιπαράθεση και αιτία για συζήτηση τα πολιτικά κόμματα του συστήματος. Μόνο για το ποιος θα πρωτοβγεί την εξουσία ο λόγος... όχι πια η εναντίωση προς κάθε μορφή εξουσίας και η κατάρρευση του στημένου απάνθρωπου συστήματος συνολικά.

Κι έτσι εμένα με χτύπησαν για άλλη μια φορά στο συναίσθημα... Πατήσαν πάνω στο ιστορικό μου για δήθεν ψυχολογικά προβλήματα και με ξανάκλεισαν στο ψυχιατρείο, στην απομόνωση για 12 ολόκληρους μήνες αφού πρώτα με βιάσανε.

Με λουριά δεμένη στο κρεβάτι. Με ενέσεις και με χάπια. Με ένα δίσκο φαγητού πεταμένο δίπλα στο κρεβάτι κάτω στο πάτωμα. Στο δωμάτιο της απομόνωσης. Όπου στη μία του γωνία πήγαινα όταν χρειαζόμουν τουαλέτα...γιατί τα λουριά δε βγαίνανε και η πόρτα δεν άνοιγε ούτε καν όταν μου ερχόταν η ανάγκη... Μόνο για να μου χτυπήσουν την ένεση... μόνο τότε... Και μετά τους 12 μήνες η προϋπόθεση για με ξαναφήσουν και εμένα "ελεύθερη" ήταν να συνεχίσω να παίρνω τα χάπια τους. Χάπια που περιόριζαν τη σκέψη και την αδρεναλίνη μου. Χάπια που θα με καθήλωναν ξανά πίσω στις βασικές εγκεφαλικές λειτουργίες χωρίς περίσσιο συναίσθημα αγανάκτησης, θυμού, εναντίωσης, μη ικανή προς οτιδήποτε να αντιδράσω. Χάπια που πολλές φόρες στο παρελθόν αναρωτήθηκα εάν τα παίρνουν και όλοι οι υπόλοιποι γύρω μου κι έχουν καταντήσει έτσι απαθής και ασυγκίνητοι σχετικά με το οτιδήποτε συνέβαινε στις ζωές τους... Γιατί μέσα σε μόλις είκοσι χρόνια είχανε γίνει πάρα πολλά! Σε κοινωνικό επίπεδο! Πάρα πολλά ανεπίτρεπτα και πρωτάκουστα, ελεεινά και απαράδεκτα, όμως αυτοί που αντιδρούσαν πάντα δεν ήταν όλοι οι υπόλοιποι σαν σύνολο γύρω μας, αλλά μονάχα εμείς οι ίδιοι και όσοι είχαμε βρει και είχαμε ξεσηκώσει να ακολουθήσουν μαζί μας τον δρόμο μας. Τον δρόμο προς την αληθινή και όχι υποτιθέμενη έννοια της ΕΛΕΥΘΕΡΙΑΣ! Και υπήρξαμε κάποτε πραγματικά ΥΠΕΡΗΦΑΝΟΙ γι' αυτό...

ΠΑΡΑΛΟΓΗ ΜΑΝΙΑ
(ΟΝΕΙΡΟΛΟΓΙΟ)

Νιώθω σα να'ναι απερίγραπτα πολλά
αυτά που έχω να σου πω όταν σε βρω από κοντά
και σε αντικρίσω κάτω από γκρίζο ουρανό,
το αίμα μου θα'ναι θολό και το δάκρυ σκοτεινό
Και μπορεί άμα στα πω να σου φανούνε περιττά
δε θα κρύβεται η φωτιά που μου καίει την καρδιά
Μα θα στα πω! Δε θα διστάσω ούτε λεπτό
να ελευθερώσω το θεριό που ζει μέσα μου καιρό
Και θα τ'ακούσεις, δε θα σου φανούν πολλά
θα είναι τόσο αληθινά που θα σου κόψουν τη μιλιά
θα σε κόψει στα δύο της ψυχής μου το κενό
μα θα στο δείξω και αυτό! Δε θα ντραπώ να εκτεθώ!
Δε θα ντραπώ να σου χαρίσω μια ματιά
να φτάσει μέσα σου βαθιά στα πιο κρυφά μυστικά
Σ 'ότι έχει μείνει εδώ και σου θολώνει το μυαλό
θα ρίξω δάκρυ πικρό να σε γλιτώσω απ' το χαμό
Θα σου χαρίσω και όση μου απόμεινε μαγκιά
για να κοιτάς ψηλά όταν σε πιάνει μοναξιά
γιατί δε θέλω να σε δω ποτέ ρε μοναχό
να ψάχνεις μέσα στον καπνό αστέρι μαγικό

Θα γίνω εγώ, η πύρινη ματιά σου
της ψυχής σου η ανταρσία και η τολμηρή σκιά σου
Μένω εδώ, λευκή σελίδα στ' όνειρά σου
με παράλογη μανία για να βρεθώ κοντά σου
Προφυλάσσω όλα όσα απόμειναν δικά σου
και δε βρήκαν κουράγιο να συρθούν ξανά κοντά σου
ανοίγω δρόμο, για να περνούν τα βήματά σου
και ελεύθερα από πίσω να τρέχουν τα όνειρά σου

Δε με σκιάζει αυτής της νύχτας η ψευτιά
έχω μέσα μου αναμμένη την παράλογη φωτιά
να μου υπόσχεται πως κάποια μέρα θα σε βρω
κι όσα έχω υποφέρει μέχρι τώρα θα σου πω
Κι αν σε τρομάζει όλη αυτή η ερημιά
βρες περίσσεια μαγκιά, πήδα πάνω απ' τη φωτιά
εγώ θα είμαι εδώ και δε θα αφήσω τον καπνό
να σκεπάσει το κορμί σου με ένα σύννεφο πυκνό
Παραμένω εδώ στη μικρή μου γωνιά
και δε μασάω απ' τα κόλπα τα γνωστά, τα παλιά
θα ξεχαστώ στο βυθό, θα υπνωτιστώ για να βρω
την τελευταία ευχή σου πριν χαθεί στον ουρανό
Γιατί θέλω να σε πάρω στη δική μου αγκαλιά
να μην αφήσω τις σκέψεις να βγάλουνε μιλιά
για όσα χαθήκαν άδικα, δε βρήκαν λυτρωμό
από το φόβο αυτό που διχάζει τον καιρό

Και δεν παίρνει χαμπάρι η δική του αφεντιά
από ελπίδες και κατάρες που σκορπά η νυχτιά
μένει το τέλος λυσσασμένο, αναμένει το φευγιό
μα δε θα γίνει το δικό του όσο εγώ θα'μαι εδώ

Θα γίνω εγώ, η πύρινη ματιά σου...

Δε με νοιάζει που είναι παράλογη η μανία
ούτε καν αν δε βρεθεί μια τελευταία ευκαιρία
να σου αποδείξω πως όλα αυτά τα εννοώ
κάτω από μαύρο ουρανό θα σου τα σιγοτραγουδώ
Κι αν με ακούσεις μη με πάρεις στ'αστεία
είναι όλα της ψυχής μου μοναδική σωτηρία
και ήρθα να στα πω από κοντά και να σου δείξω
πως ακόμα κι άμα πέσεις εγώ θα σε στηρίξω

Είμαι εδώ, η πύρινη ματιά σου
της ψυχής σου η ανταρσία και η τολμηρή σκιά σου
Μένω εδώ, λευκή σελίδα στα όνειρά σου
με παράλογη μανία για να βρεθώ κοντά σου
Προφυλάσσω όλα όσα απέμειναν δικά σου
και δε βρήκαν κουράγιο να συρθούν ξανά κοντά σου
ανοίγω δρόμο για να περνούν τα βήματά σου
και ελεύθερα από πίσω να τρέχουν τ'όνειρά σου...

ΚΙ ΟΜΩΣ ΤΩΡΑ...

Τώρα πλέον έχουμε γίνει νόμιμο ζευγάρι με τον Μογο. Βρεθήκαμε πάλι μετά την επέμβαση του και τον απόλυτο εγκλεισμό μου μέσα στο ίδρυμα "ψυχικής υγείας και αποκατάστασης" και πραγματικά δεν μας έμενε τίποτα άλλο να κάνουμε παρά να γαντζωθούμε κυριολεκτικά ο ένας πάνω στον άλλο.

Ήταν εντελώς αγνώριστος και εξαθλιωμένος όταν τον ξανασυνάντησα. Ήμουν όμως και εγώ άλλο τόσο... Ήπιαμε μερικές μπύρες σε ένα απόμακρο υπόγειο μπαρ και τον έφερα μαζί μου πίσω στο διαμέρισμα του τρίτου ορόφου. Περάσαμε όλες τις υπόλοιπες ώρες της φθινοπωρινής εκείνης νύχτας καθισμένοι στον καναπέ και συζητώντας χαμηλόφωνα.

Μιλήσαμε για τα πάντα που είχαν συμβεί στον καθένα μας ξεχωριστά προτού συναντηθούμε πάλι. Για όλους μας τους βασανισμούς και τα υπομονετικά μαρτύρια μέχρι να καταφέρουν να μας αφομοιώσουν και να μας κάνουν ένα με το εξευτελιστικό σύστημα που από πάντα επικρατούσε γύρω μας και το οποίο είχαμε επί τόσο καιρό αποπειραθεί εμείς οι ίδιοι να ισοπεδώσουμε. Μου μίλησε για τις ατελείωτες ώρες μοναξιάς του μέσα στην κλινική φυλακή που τον είχανε βάλει και του είπα τα πάντα για τις δικές μου ώρες μοναξιάς μέσα στο ψυχιατρικό ίδρυμα... όπου το πάλεψα... φέρνοντας μόνο στίχους από μουσική πανκ των G.B.H. στο μυαλό μου... οι οποίοι εμπειρικά με ταξίδευαν

159

πίσω σε περήφανες εποχές όταν είχα στην παρέα μου τον ίδιο και τους φίλους μας με σηκωμένες τις μοϊκάνες. Είχαμε και οι δύο κοντέψει να αποτρελαθούμε, όμως κάτι υπήρχε ακόμα που μας κρατούσε ζωντανούς...

Και ήταν το μόνο που μας είχε απομείνει μέσα στον εγκλεισμό μας εκείνο. Η μοναδική δύναμη της μνήμης μας να ταξιδεύει και να φέρνει κοντά στον νου ο ένας την παρουσία του άλλου. Κι εκείνη τη στιγμή που ξαναβρεθήκαμε μετά από όλα αυτά που είχαμε ξεχωριστά περάσει ήταν το μόνο πράγμα που είχε σημασία... μόνο αυτό ακριβώς. Η παρουσία του ενός δίπλα στον άλλο. Ούτε οι ιδέες ούτε η αντίσταση μας πλέον. Μόνο η παρηγοριά της παρουσίας μας. Ότι ξαναβρισκόμασταν μαζί στον ίδιο χώρο. Σπάσαμε εκείνο το βράδυ ψυχικά. Αισθάνθηκα λύπη γι' αυτόν αλλά και εκείνος με ένιωσε απόλυτα, ειδικά όταν του είπα και για τον βιασμό που είχε προηγηθεί ακριβώς πριν το δέσιμο μου... Πίναμε μπύρες και μιλούσαμε μέχρι το ξημέρωμα. Βουρκώναμε και δακρύζαμε πολλές φορές όσο ακούγαμε ο ένας την ιστορία του άλλου. Δεν μετανιώσαμε όμως. Είπαμε πως θα ζήσουμε μαζί από εκείνη τη στιγμή και μετά. Στον ίδιο χώρο. Στο ίδιο σπίτι. Πως έστω και σιωπηλά πλέον θα κάναμε οτιδήποτε ήταν δυνατόν και μας έμενε να κάνουμε ώστε να ολοκληρώσουμε τις ζωές μας και να ζήσουμε μαζί πλέον μέχρι τέλους.

Μας είχε μείνει κάτι... μας είχε μείνει μια τεράστια και αστείρευτη αγάπη! Κι αυτή τουλάχιστον την πίστη που αισθανόμασταν ο ένας για την αγάπη του άλλου δεν θα μπορούσε ξανά ΚΑΝΕΝΑ σύστημα να μας την πάρει, ούτε να μας την αφαιρέσει, ούτε να μας την στερήσει! ΠΟΤΕ! Θα είχαμε σαν βάση το διαμέρισμα. Το διαμέρισμα του τρίτου ορόφου δεν θα ήταν αρχηγείο hackers' πλέον όμως. Θα ήταν το σπίτι μας. Και ότι γινόταν μέσα εκεί θα ήταν αποκλειστικά και μόνο δική μας υπόθεση και δική μας ευθύνη. Γιατί ακόμα η μουσική έπαιζε. Ακόμα δυνατοί αισθανόμασταν παρά τις εξαθλιωτικές εμπειρίες και ακόμα όλο και κάποιο άλλο άτομο βρίσκαμε με μια μικρή σπίθα επανάστασης μέσα στα μάτια ή μια έστω και μικρή επαναστατική ιδέα προς κουβέντα και συζήτηση. Ήτανε λίγο και μικρό... μας κρατούσε όμως ζωντανούς ακόμα... Και κάναμε οτιδήποτε μπορούσε να μας βοηθήσει να παραμείνουμε ζωντανοί ακόμα... Ορισμένα βράδια παίρναμε ποτό... βάζαμε μουσική και πάλι συζητούσαμε μέχρι το πρωί. Ψάχναμε για ώρα να βρούμε ταινίες που θα μας ξυπνούσαν λίγο το ενδιαφέρον... Μα ακόμα και αυτό γινόταν όλο και πιο δύσκολο... Ολοένα και περισσότερο έμοιαζε πλέον γύρω μας όλος ο κόσμος να αλλάζει προς το χειρότερο – όχι προς το καλύτερο!

Κάθε χρόνος που περνούσε μας γερνούσε... αλλά και διαπιστώναμε πως γερνούσε κυριολεκτικά και όλος ο υπόλοιπος κόσμος γύρω μας, και μάλιστα χωρίς καμία έκπληξη, καμία διαμαρτυρία, και καμία αντίδραση κι από τη νεότερη γενιά. Ειδικότερα αυτή ήταν μια ολοένα και μεγαλύτερη απογοήτευση και απελπισία... Η κακή έννοια της τεχνολογίας είχε βάλει το χέρι της παντού! Και είχε επηρεάσει όλες τις γενιές των ανθρώπων της εποχής μας που κάποτε μπορεί να είχαν την ευκαιρία να πράξουν λίγο πιο διαφορετικά!

Κάποτε οι σοφοί ήταν οι γέροντες για παράδειγμα. Όλοι κάποτε τους άκουγαν προσεκτικά ώστε να πάρουν συμβουλές ζωής και παραδείγματα. Τώρα γι' αυτούς τους δήθεν "σοφούς" υπάρχει η συνδρομητική τηλεόραση με άπειρα νέα κανάλια ή εάν δεν έχουν την οικονομική δυνατότητα, το καθημερινό όπιο των πολιτικών ειδήσεων.

Και κάποτε... η νεολαία ήταν ελεύθερη και αχαλίνωτη – Το έσκαγε απ' το σπίτι για να βγει έξω στις πλατείες και στους δρόμους τα βράδια... έκανε καταλήψεις στα σχολικά κτήρια όποτε δεν συμφωνούσαν οι μαθητές με κάποιο καινούργιο νόμο του κράτους. Αντιδρούσαν πραγματικά σε οποιοδήποτε εμπόδιο ένιωθαν πως έμπαινε στο δρόμο τους για ελεύθερη έκφραση και τους στερούσε το δικαίωμα να ζήσουν όπως ακριβώς εκείνοι ήθελαν... Φορούσαν σκισμένα τζιν και άκουγαν ροκ και διάβαζαν επαναστατικές ιδέες και κείμενα σοβαρά για την ηλικία τους.. ακόμα και ποίηση την οποία την καταλάβαιναν επίσης σαν τους μιλούσε... Τώρα... Τώρα τι είχε ακόμα μείνει από όλα αυτά;

Για όλη αυτή την κατάσταση, για όλη αυτή την κατάντια, το να είναι κανείς στα σαρανταπέντε του χρόνια πλέον, έχει από μόνο του αυτό μια τεράστια ευθύνη. Γιατί δεν καταφέραμε ποτέ ούτε τα μυαλά των μεγαλύτερων μας να αλλάξουμε, όσο "χαλασμένα" και αν ήταν ήδη από μόνα τους, αλλά ούτε καν της νεότερης γενιάς το μυαλό να επηρεάσουμε ώστε να της δώσουμε ένα διαφορετικό παράδειγμα που θα έλαμπε τόσο πολύ, ώστε να το ακολουθήσουν οι πιο νέοι...

Είχαμε κάποτε στα χέρια μας, όλοι μας, μια τεράστια ευθύνη... τώρα πόσοι ακόμα είμαστε και παραμένουμε ζωντανοί, ανεπηρέαστοι, ακόμα και δειλά, εξίσου ανατρεπτικοί όσο ήμασταν όλοι στα νιάτα μας κάποτε; Είμαστε υπαίτιοι! Εμείς φταίμε! Ας το πάρουμε για μια ακόμα θαρραλέα φορά, που ίσως όμως να είναι και η τελευταία μας, όλο αυτό το τεράστιο ζήτημα πάνω μας! Τι μας έχει απομείνει πλέον; Μετά απ' όλα αυτά; Τόσο πολύ αποτύχαμε; Τόσο πολύ, μετά από τόσες πολλές ταλαιπωρίες δειλιάσαμε στο τέλος; Τόσο πολύ παραιτηθήκαμε; Τόσο πολύ πια μας τρόμαξαν; Θα κάτσουμε και θα αράξουμε όμως πλέον; Τι θα κάνουμε; Ποιοι ακριβώς θα είμαστε σε άλλα τριάντα χρόνια πριν πεθάνουμε; Τι θα έχουμε να λέμε πως έχουμε αφήσει πίσω μας; Τι θα μπορούσε να είναι αυτό ακριβώς; Αναρωτιέμαι ευθέως... ΤΙ; Φωνάζω! Με ακούτε όλοι??? ΤΙ ; Ας μην είναι ένα τίποτα!!!!! ΞΥΠΝΑΤΕ! ΠΕΘΑΙΝΩ... (Πίσσα και Πούπουλα).

WHATS NEXT ???

Έχει κολλήσει εδώ και ώρα πολύ η ματιά μου
στην άκρη του ορίζοντα αναζητώντας διέξοδο κάπου
λες και από εκεί και μετά θα μπορέσω να πετάξω
γιατί σ' αυτόν τον τόπο μου είναι δύσκολο πια να συνεχίσω
να υπάρχω...
Όπου κι αν κοιτάξω με πικραίνουν όλα-
έχει ξεκινήσει εδώ και χρόνια και κρατάει καλά η μπόρα!
Πυρπολούν, αχρηστεύουν και διαγράφουν όνειρα
ενεργούν, πράττουν χωρίς να ρωτούν και χωρίς όρια!
Οι μεγάλοι φασίστες και ισχυροί όλης της γης
αρρωσταίνουν, καταστρέφουν όλα τα δικαιώματα της
φυλής
των ανθρώπων με σώμα, ψυχή και πνεύμα
αυτοί τα ισοπεδώνουν όλα αδιαφορώντας για τα μέσα
πολεμικά σύνδρομα, εφιαλτικές τρομοκρατίες,
έχουνε πήξει τ' αυτιά μας ν' ακούμε για κηδείες
πολιτικές δολοφονίες, συμφέροντα κι απάτες
της σύγχρονης εποχής μόνιμοι εφιάλτες!
Κάνουν την κάθε μια μέρα μας ακόμα πιο σκληρή
και απορώ μέχρι πότε θα κρατάει η γιορτή...
και η ανοχή για τον κάθε αφέντη υπερδύναμης

η καταστροφή του γένους της αναρχικής κι ελεύθερης συνείδησης!

Τώρα πια μας απειλούν βαρβάτα! Βόμβες πολλές, τριγύρω πέφτουν οι βολές και τα κακά μαντάτα!

Τίποτα καινούριο, τώρα δεκαετίες, βαρεθήκαμε τα πάντα!

Ίδιες διαδικασίες...

Ανάδειξη υπερδύναμης, παρέλαση φονιάδων και από την άλλη στρατεύματα προκαταδικασμένων πτωμάτων!

Γιατί στις μέρες μας πια, δεν μετράει η μαγκιά

μα μονάχα ποιός έχει όπλα πιο πολλά- δυνατά- πυρηνικά-

επικίνδυνα παντού σκορπούν τον φόβο- τον τρόμο

άνθρωποι και ψυχές χωρίς να έχουνε τον λόγο

παρά μόνο την κρύα μοίρα της μειονότητας

που την ορίζει μια φωνή πολύ σκληρής πραγματικότητας

των μεγάλων και ισχυρών αυτής της γης- τρελαμένων γεγονότων της οργής

του συστήματος κεφαλαίου υπερφουσκωμένου

ανεξαρτήτως δικαιώματος παραβλεπομένου

για ζωή και λευτεριά και μιαν ελπίδα ακόμα στην καρδιά

κάθε ανθρώπινης ύπαρξης προσευχή επιβίωσης

αλλά ούτε κι αυτό στους καιρούς μας δεν υπάρχει

ψάχνω ορίζοντα ανοιχτό να νιώσω λίγο εντάξει...

Κατάθλιψη, αθλιότητα μόνο που βλέπω να υπάρχουν

στα χρόνια τα δικά μου τέτοια αφεντικά του ΝΑΤΟ !

Οργή με πιάνει, τρελαίνομαι, δεν ξέρω τι να κάνω

μήπως και δω μια μέρα το δίκαιο να βγαίνει από πάνω

και να τα βάζει μ' εκείνους όλους του πλανήτη

που τόσους αθώους συνανθρώπους σκότωσαν χωρίς θλίψη και χωρίς ούτε καν τύψη...

Νοέμβρης '90

Κρατάω το στόμα μου κλειστό
τα χείλη μου ματώσανε
κι αυτοί που μας προδώσανε
ανέραστοι να μείνουν

Κουφάλες δεν ξοφλήσαμε
αυτό έχω μόνο να τους πω
τα όνειρα των εραστών
δε σβήνουν...

Τσακνής Διονύσης

Μουσική/Στίχοι: Τσακνής Διονύσης / Τσακνής Διονύσης